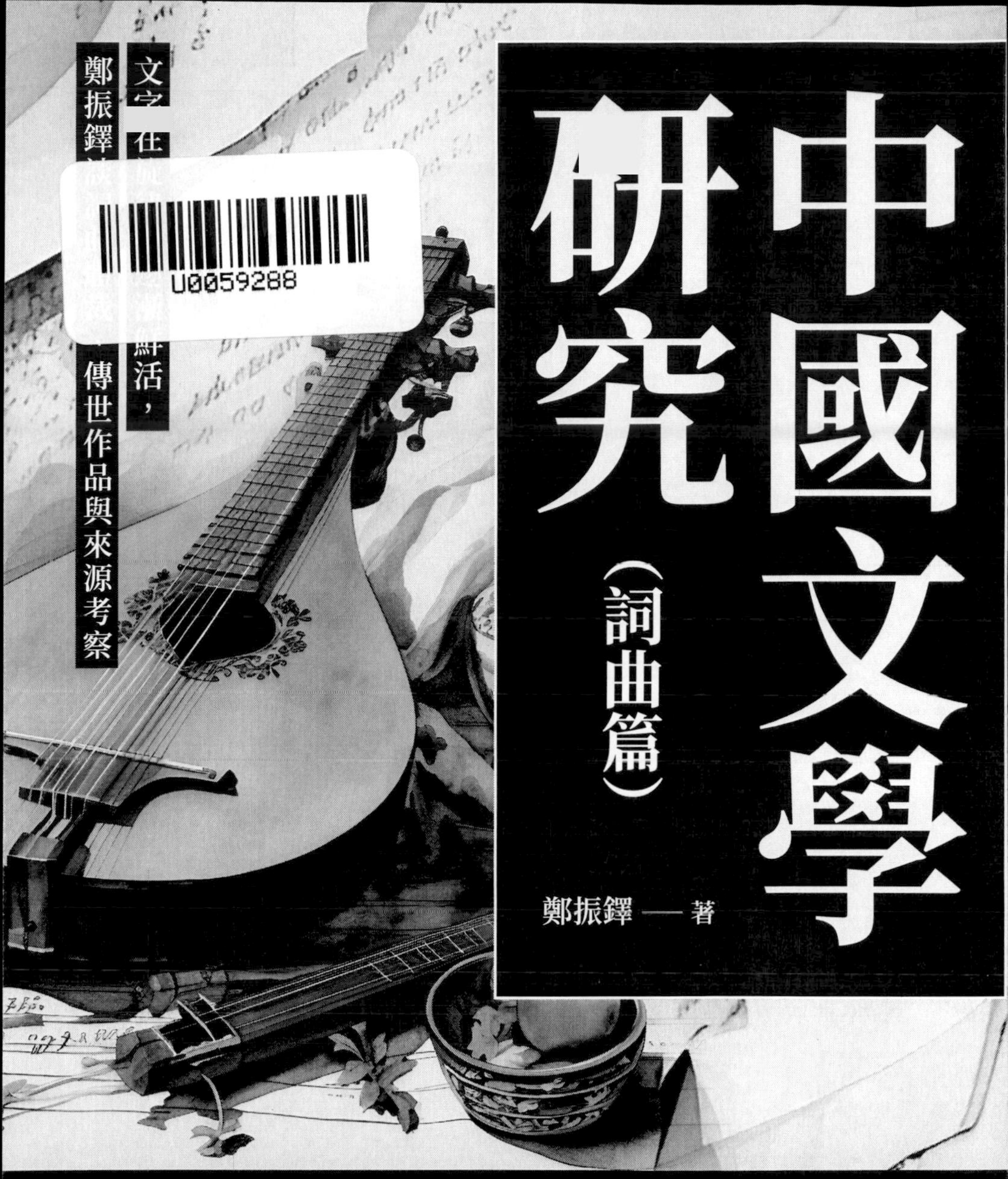

中國文學研究（詞曲篇）

文字在旋……鮮活，

鄭振鐸談……傳世作品與來源考察

鄭振鐸——著

▶「難登大雅之堂」的小調，卻也有令名家甘拜下風之筆

▶歌女之曲不遜於文人學士，且比男子擬作更加真情洋溢

▶《掛枝兒》選本四十一首，每一首情調展現皆堪稱佳作

在琳瑯滿目的詩詞文獻中，同為代表文學的曲卻較少人鑽研；許多珍貴史料僅剩斷簡殘篇，今由鄭振鐸悉心整理再現！

目錄

目錄

跋圖書集成詞曲部

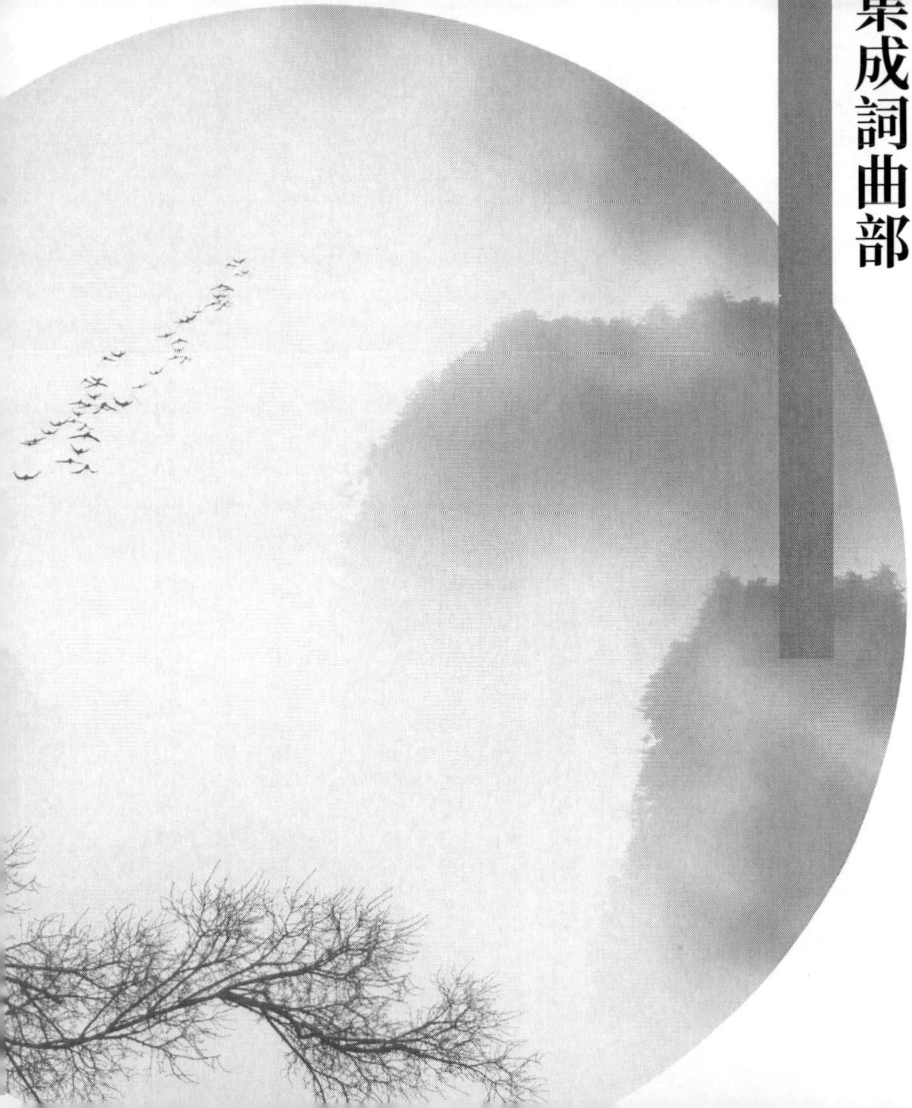

跋圖書集成詞曲部

近來頗有一種風氣，對於清代「御纂」的書，每喜加以誇大的鼓吹和引用；《四庫全書珍本》的刊行，便是一例。這和誇大蒙古帝國的戰功同樣的可笑；他們根本上已經忘記了我們漢民族在那時候也是被征服的民族之一；同樣的，《四庫全書》的編纂經過也是我們所應掉「一把辛酸淚」的；有何可誇耀的呢？

對於《圖書集成》，明鈔暗襲之者尤多。一般纂書的人，好走捷徑，不查原書，便找到這部「萬寶全書」的《圖書集成》，以為唯一的「資料」。而不知從此「間接」的來源擷取而來的東西，根本上是很不可靠的。曾見有一部什麼通史，除鈔「九通」和《圖書集成》外，幾無所有；卻也竟是一部流行頗廣的「著作」；有的著作中關於「詞曲」的一部分，幾全部從《圖書集成》剽竊而來，卻不知《集成》的不大可靠。從前看到這書，久欲一吐此意。為了免除以後的更多數的作者們以《集成》為取材的「萬寶全書」計，實在不能不將其中的牴牾處，疏漏處，謬誤處，一一為之指出。

這工作誠有「一部二十四史從何說起」之概。對於自己熟悉一點的，還是「詞曲部」。便從「詞曲部」說起吧。——還有，關於機械工程的一部分也錯得太可怕；把齒輪竟畫成了圓輪了，機器如何還會轉動呢？「貽誤蒼生」，莫此為甚！他們是連鈔書都也會鈔錯的。對於這，我也將有一篇批評，繼此而刊出。

「詞曲部」占著《文學典》第二百四十三卷至第二百五十六卷，凡十四卷，篇幅並不算多，疏謬之處，卻觸目皆是。

「詞曲部」彙考凡八卷，占全部篇幅的大半。我們看這八卷採錄的是些什麼呢？

關於「詞」的，有：

（一）王灼，《碧雞漫志》（凡一卷，《文學典》第二百四十三卷，末並有評云：「此卷考核援引最詳雅，可與段安節《樂府雜錄》並傳為詞林佳話」）；

（二）都穆，《南濠詩話》「調名」一則；

（三）楊慎，《詞品》三十四則；

（四）《三才圖會》《詩餘圖譜》（凡三卷，即《文學典》第二百四十五卷至二百四十七卷）。

以上均是關於「詞」調名稱的解釋的（均見《文學典》第二百四十四卷）。

關於「曲」的，有：

（一）陶宗儀，《輟耕錄》「雜劇曲名」等三則（《文學典》第二百四十四卷）；

跋圖書集成詞曲部

（二）《嘯餘譜》，「樂府體一十五家及對式名目」及其下「群英所編雜劇」名目，凡一卷（第二百四十八卷）；

（三）《嘯餘譜》，《中原音韻》，凡一卷（即第二百四十九卷）。又《嘯餘譜》，「務頭」以下（按即《中原音韻》之下卷）凡一卷（第二百五十卷）。

所謂八卷的「彙考」，不過是如是寥寥的幾部書！「總論」所採錄的，計有：

（一）張炎，《樂府指迷》；

（二）陸輔之，《樂府指迷》（末有評云：「此本還在沈伯時《樂府指迷》之後，古雅精妙，較是輸他一著也。若新巧清麗，是冊亦未可少」）；

（三）涵虛子，《詞品》（評諸家詞）；

（四）附王世貞評明代諸詞家；

（五）徐炬，《事物原始》「詞」、「曲」二則；

（六）吳訥，《文章辨體》「近代詞曲」一則；

（七）徐師曾，《詩體明辨》「詩餘」一則。

（以上均在第二百五十一卷）。

又文藝所採錄的，自唐、沈朗的《霓裳羽衣曲賦》，五代、歐陽炯的《花間集序》以下，凡文、詩、詞三十篇（均在第二百五十一卷）。《文學典》的第二百五十二卷至二百五十五卷為「詞曲部」的「紀事」；第二百五十五卷的下半及第二百五十六卷為「雜錄」。這兩部分瑣細過甚，來源過於複雜，要清理是必須費了不少的力量的；且要增補、糾正，也非數日之力所可能；在這篇批評文字裡絕不能細加批評，故姑且不提。

但僅就「彙考」、「總論」及「文藝」三部分論之，可議的地方已不知有多少！最不能原諒的一點是，編者取材的譾陋與疏忽；忽略了（或未見到）第一道的來源而採用了輾轉鈔襲的譾陋的著作。如關於「詞」，張炎的《詞源》，陸輔之的《詞旨》均易得；沈義父的《樂府指迷》也附於《花草粹編》後。《詩餘圖譜》，為張綖所著，明代刊本也甚多。（較易得者為新安游元涇刊本；汲古閣刊本。）今《集成》乃獨從《三才圖會》錄得《詩餘圖譜》三卷，可謂「間接」的了；而《詞源》一書，乃混名為《樂府指迷》，陸輔之《詞旨》乃亦混名為《樂府指迷》，而沈氏的《指迷》則獨遺之。此可見編者未見原書，而徒知從明人的很譾陋的輯本裡間接取材（蓋係從陳眉公《祕笈》本之誤。

《祕笈》總名《樂府指迷》，而以《詞源》為上卷，《詞旨》為下卷），故致雜亂無章如此。關於「曲」，更是可笑了。僅知從《嘯餘譜》錄得《太和正音譜》的一部分及周德清的《中原音韻》，而目未睹原書，故遂致「支離破碎」，不堪一讀。涵虛子《正音譜》腰斬了大半，而僅錄其「樂府體一十五家及對式名目」與「群英所編雜劇」名目。至《中原音韻》則割裂訛誤尤甚。編者全錄《中原音韻》的關於「韻」錄的一部分；至所附「正語作詞起例」，則照鈔《嘯餘譜》，目曰「務頭」，而竟不知仍是《中原音韻》之文。此全錄「間接」取材，故遂訛誤至此！最可怪的是，涵虛子《詞品》，原為《正音譜》上卷的一段，名為「古今群英樂府格勢」，《集成》編者乃別列之於「總論」中，且非原文。妄增「已上十二人為首等」，「已上七十人次之」，「又有董解元……汪澤民輩，凡百五人，不著題評，抑又其次也。虞道園、張伯雨、楊鐵崖輩俱不得與，可謂嚴矣」等語。涵虛子竟會這樣的自評自讚麼？初不明白編者為何如此妄改，妄增，後乃知仍是間接鈔襲，並非編者的自作聰明。原來這一段文字，乃是從《欣賞曲藻》上鈔過來的；故竟「張冠李戴」，把《曲藻》的文章也攏統的歸到涵虛子的名下去了。如有人把這一段文章「引作涵虛子說的，豈不「貽誤」讀者麼？所附王世貞的評明代諸詞家也仍是從《欣賞曲藻》

而來。卻更大誤。原來這一段也是《正音譜》之文，而竟被纏到王世貞身上去了。

關於研討「詞」、「曲」的起源，只引了《事物原始》、《文章辨體》、《文體明辨》等寥寥數則，而不知從更早更好的來源裡去找，也是譾陋得可笑。

其次，可議的地方是疏漏。拋棄了許多重要的著作，而收入許多不大重要的次等的材料。關於這一點，也說來話長。「詞」的一部分，在陸氏《詞旨》後，明明的說「此本還在沈伯時《樂府指迷》」之後，而沈氏的《指迷》卻不見採錄（此等評語也是照鈔他書的）。只錄《詩餘圖譜》而不錄《詞韻》一類的書，不知何故。至於曲韻，卻又全鈔《中原音韻》了。

「曲」的一部分，缺漏的地方尤多。《集成》的編者彷彿只知道世間有北曲而無南曲，有雜劇而無傳奇，故「彙考」裡，收《中原音韻》，收涵虛子《正音譜》，而完全忘記了關於南曲一部分的材料。且詞譜既收《詩餘圖譜》，則至少曲譜也應收入。北曲譜是擺在手頭的，在《正音譜》裡就有，卻硬生生的把這一部分割裂開去了。南曲譜也不是難找的東西，也就擺在手頭，在《嘯餘譜》裡就有。編者既大鈔《咸》，為何不多鈔些呢？這不能不說是「體例不純」了。

索性對於南曲一字不提也倒罷了。在「雜錄」裡卻又採用王世貞《藝苑卮言》，陳繼儒《太平清話》，中多論南曲語。但讀者如要對於南曲有一種「概念」，卻是找遍那末「笨大」的一部《圖書集成》都找不到。我們不願以今日專門家之蒐集的結果去和《集成》之內容比較，但至少編者對於不大冷僻的眼前手頭的書，應該好好的利用。為什麼竟這樣的「取捨」無方，隨意鈔剪呢？南曲在編者那時代正是盛極一時，編者絕對的不應該忽略了它，也沒有獨缺漏了它的理由。如果這部《集成》在《正音譜》時代，在《永樂大典》時代編成，乃至在正德、嘉靖時代編成，倒還可以原諒。但《集成》的編纂，乃在康熙、雍正時代，這實在是難以使人明了其取捨的動機的。且在《永樂大典》裡，也已收入「戲文」三十三種之多；《大典》的編者是將「戲文」和「雜劇」同等看待的。為什麼《圖書集成》的編者能獨獨無視南曲的「存在」呢？是無心的疏忽？是有意的排斥？還是緣於編者的無知與手頭上材料的不夠？三者必居其一。

「總論」一部，過於貧乏，曲的一部分所錄尤少。在編者的時代，論曲的書不會是很難得的。王伯良的《曲律》，沈君征的《度曲須知》、《絃索辨訛》，在那時候都不會是難得的書。沈德符的《顧曲雜言》一類的書（這書也是和《欣賞曲藻》一類的書相同，從沈氏著作裡輯集出來的），也不是不易得。為什麼關於這一部分的材料竟這樣的聽任其「零落不堪」呢？

「藝文」一部，幾全是關於「詞」的，且也都是不加選擇，隨手鈔輯的。所以許多重要的序文及論文等等都遺漏了，而不重要的「詩」、「詞」卻鈔了許多篇。關於南北曲的，可以說是一篇「藝文」也沒有。在元明人的著作裡，我們絕對不相信不會找不出若干篇關於「曲」的「藝文」來的。關於這一類的材料，我們現在是蒐羅得很不少的。將來有機會總要設法刊出，這裡且不羅列那些篇目了。

在這短短的十四卷「詞曲部」裡，已有了那末多的錯誤，缺漏，妄為割裂，以及不正確處。如果研究詞曲的人以這一部分的材料作為「南針」，作為研究的開始，一定會被引入歧途的。如果做「通史」一類著作的人，以這一部分的材料作為鈔襲的根據，那末也一定會沿襲其錯誤下去，永無得見詞曲的全般面目的一天。

總之，非專門的人讀這部書彷彿覺得是「無所不有」，其實卻處處是陷阱，如果誤信了它，引用了它，便會被引入歧途和錯誤上去的；專門的人讀之，卻是「一無所有」、「觸處皆非」的，根本上用不到它。

跋圖書集成詞曲部

這一類「萬寶全書」，今日是用不到的。我們應該明白他們是「官」書，是「急就章」，是非專門的人，用鈔胥，用剪刀鈔貼而成的「萬寶全書」。我們應該去找第一道來源。像這種鈔輯而成的東西最容易貽誤我們，誤「引」了它，便常常要鬧出笑話來的。

我希望有人肯費一二年的工夫，把這部龐大笨重的《圖書集成》的「引用書目」編出來；這末一來，我們可以相信，必能拆穿了這個「紙老虎」的。

跋嘉靖本篆文陽春白雪

跋嘉靖本篆文陽春白雪

近在杭州石渠閣得殘本《篆文陽春白雪》二冊，為明嘉靖間宗室高唐王所刊，詫為罕見。按明刊詞集最少。《陽春白雪》在朱彝尊編《詞綜》時已不可得。以篆文寫之「詩餘」，尤為絕無僅有。雖殘本，亦足珍也。

王士禎《居易錄》（卷十九）云：「高唐王諱某，號岱翁，工篆隸，癖嗜古書，寫錄多祕本。鼎革後，散落市肆。紙墨精好，裝潢工致。康熙乙巳，予歸自揚州。一日至青州，與杞園觀書市中，得劉貢父《春秋權衡》、《意林》二書，亦高唐府中物。杞園云：曾見岱翁篆書《入藥鏡》一篇，淳整茂密，亦希有也。」

《陽春白雪》題「皇明宗室高唐王、岱翁集篆」，和《居易錄》所言可互證。《明史》無王傳，故士禎未知其名。考《明史．諸王世表》五（卷一百四），有高唐王：名厚㸌，為懿王祐橰庶八子。嘉靖二十二年封，二十六年薨，無子，除。謚悼僖王。當即其人。

此本於篆文後，復附以今體文字，蓋懼世人不盡識篆文也。斯亦明人積習。同時李開先刊《寶劍記》，其序跋皆為草書，亦後附以正體之覆文。又嘗得明末刊《李卓吾草書千家詩》，每字並皆旁註正體覆文。明人著作之驚奇，均此類也。

此本篆文一卷，凡「六十八號」（即六十八頁），每半頁七行，行九字。今體文一卷，凡十六頁，每半頁十四行，行二十四字。中縫有「時習軒」三字，書名別作「篆詩餘」。

所可異者，此本雖題《陽春白雪》，卻與宋趙聞禮本《陽春白雪》大殊。趙本今有清吟閣刊本及秦敦復刊《詞學叢書》本，其卷一卻和篆文本完全不同。

趙本《陽春白雪》卷一所錄者，自周美成《解語花》以下，凡七十二闋。此本則以周美成《瑞龍吟》一闋壓卷，其後為：

詞牌名	作者	詞牌名	作者
驀溪山	黃山谷	水龍吟	陳同甫
花心動	阮逸女	歸朝歡	馬莊父
魚游春水		丹鳳吟	周美成
望海潮	秦少游	閉百花	柳耆卿
滿庭芳		西江月	前人
玉樓春	宋子京	浪淘沙慢	周美成
飾纏道		憶舊遊	周美成
玉漏遲		瑞鶴仙	歐陽永叔
渡江雲	周美成	薄幸	賀方回
海棠春		清平樂	趙德麟

跋嘉靖本篆文陽春白雪

西江月	蘇東坡	阮郎歸	李後主
漁家傲	王介甫	阮郎歸	歐陽永叔
玉樓春	晏同叔	浣溪沙	
千秋歲	秦少游	玉樓春	溫飛卿
蘭陵王	張仲景	滿江紅	張仲宗
帝臺春	李景元	高陽臺	
倦尋芳	王元澤	浣溪沙	周美成
眼兒媚		如夢令	
青門引	張子野	如夢令	李易安
浪淘沙	李後主	武陵春	
浪淘沙	歐陽永叔	怨王孫	
青玉案		青玉案	
浣溪沙	歐陽永叔	醉江月	辛幼安
浣溪沙		摸魚兒	辛幼安
浣溪沙		鷓鴣天	辛幼安
踏莎行	黃魯直	滿江紅	晁無咎
踏莎行	秦少游	臨江仙	
如夢令二		蝶戀花	蘇東坡
憶王孫		蝶戀花	晏同叔

柳梢青		蝶戀花	歐陽永叔
金明池		玉樓春	歐陽炯
謁金門		江神子	蘇子瞻
憶秦娥	康伯可	木蘭花令	賈子明
玲瓏四犯	周美成	永遇樂	解芳叔
燕臺春	張子野	燭影搖紅	王晉卿
賀新郎	李玉	風流子	秦少游
祝英臺近	辛幼安	賀聖朝	葉道卿
念奴嬌	李易安	鳳凰閣	
風入松	康伯可	天仙子	張子野
金人捧露盤	曾純甫	卜算子	僧皎如晦
石州慢	張仲宗	祝英臺近	
驀山溪	張東父	點絳唇	
水龍吟	陸務觀	柳梢青	
驀山溪	張東父	望湘人	賀方回
蝶戀花	俞克成	洞仙歌	李元膺
蝶戀花		瑞鶴仙	周美成
聲聲令		西平樂	周美成
驀山溪	易彥祥	多麗	聶冠卿

共凡九十六闋，其中作者名號不甚一律，亦有無詞人姓氏者。然其中似亦有足補今人編宋、元詞集之闕漏者在。故全錄其目於此。

岱翁之《陽春白雪》所據何本，今不可知。然秦氏刊趙聞禮《陽春白雪》凡八卷，又外集一卷。陳振孫《直齋書錄解題》所載《陽春白雪》卻只五卷。陳氏云：趙粹夫編，取《草堂詩餘》所遺以及近人之詞（《解題》卷三十一）。疑《陽春白雪》原有二本。岱翁所據，或為五卷本。故編次首「春景」（第一卷皆為春詞），正和《草堂》之編次合。然其中復多已見於《草堂》者。或此本為岱翁所自集者歟？

詩餘畫譜跋

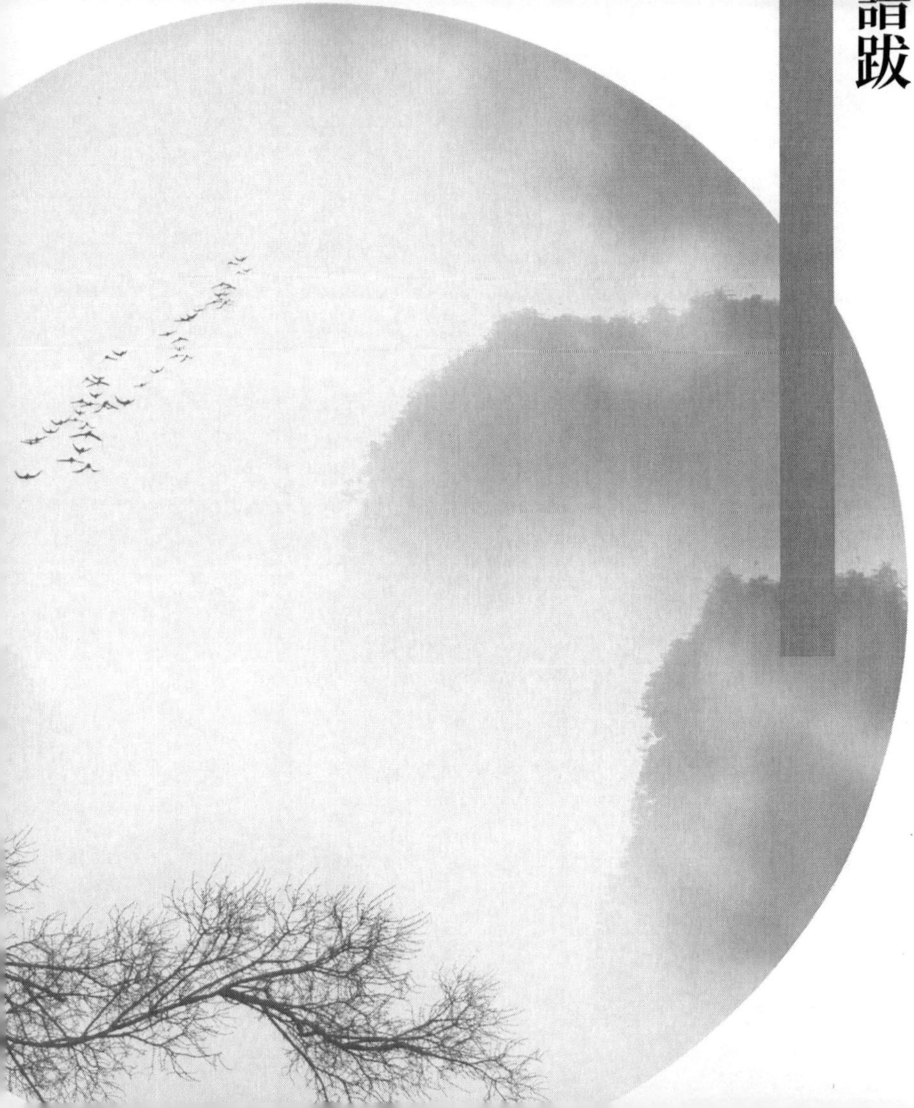

詩餘畫譜跋

《詩餘畫譜》一名《草堂詩餘意》，蓋本之《草堂詩餘》，擷取其尤粹者百篇，倩良工為之作圖。一詞一圖，相映成趣。編者為新安汪□□。（原文此處為「□」）刊工雖未署名，然固一望而知其亦為徽派名家也。十餘年前，於平睹通縣王孝慈先生藏本一帙，無序跋，凡存五十許葉。與斐雲、隅卿諸君，相詫為罕見精絕之品。其時即攝留全影，作案頭珍玩之一。南歸後，猶時時念及之。劫中，滬上忽出現一本，為程守中先生所得。予挽書友與之力商，乃得歸予。此本裝二冊，計存八十餘葉。後平賈董會卿來，談及新收得此書一帙，乃復獲之。而亦僅五十許葉。唯有足補前二本之未備者。通計三本，凡得詞九十七篇，為圖亦九十七幅。十餘年間，所見所得凡三本，而仍未能獲其全；一書之全，豈易事乎！今夏，於修文堂孫賈許，復見一本，索價至昂，而所存僅前半四十許葉，因未之收；唯傳錄他本未具之吳汝綰序及湯賓尹題詞而歸。汝綰序云：「刪其繁，摘其尤，繪之為圖。案頭展玩，流連光景，益浸浸乎情不自已。」詩詞每饒畫意，固不僅王摩詰一人為詩中有畫，畫中有詩也。宋院畫作者，每取一詩為題材。詩詞之可入畫，蓋古已有之。而選詞為畫譜，則為汪氏所創始。時顧仲方《百詠圖譜》、楊雉衡《海內奇觀》方盛行於世。此譜繼之而出，自必亦為時人所重。萬曆一代，版畫之盛，諸畫譜作者當為功臣之首。自此譜出，而《唐詩畫譜》諸作便紛然刊行矣。此譜刊於萬曆王子（四十年）。惜輯者汪氏，未詳其名。唯細讀予所見所藏之三本，此譜似有二種，一為原刊本，一為翻刻本。董賈之一本，白綿紙初印，圖最精工，當為原刊本。程守中本及通縣王氏本，則較為簡率，當為翻刻本。初睹殊不可辨別，若細細比勘之，則精粗自見也。惜限於工力，未能二本並印。各本皆無目錄，茲為補之。又原書詞牌名及詞人姓氏每多譌誤，茲亦於目錄中，一一為之訂正。

宋金元諸宮調考

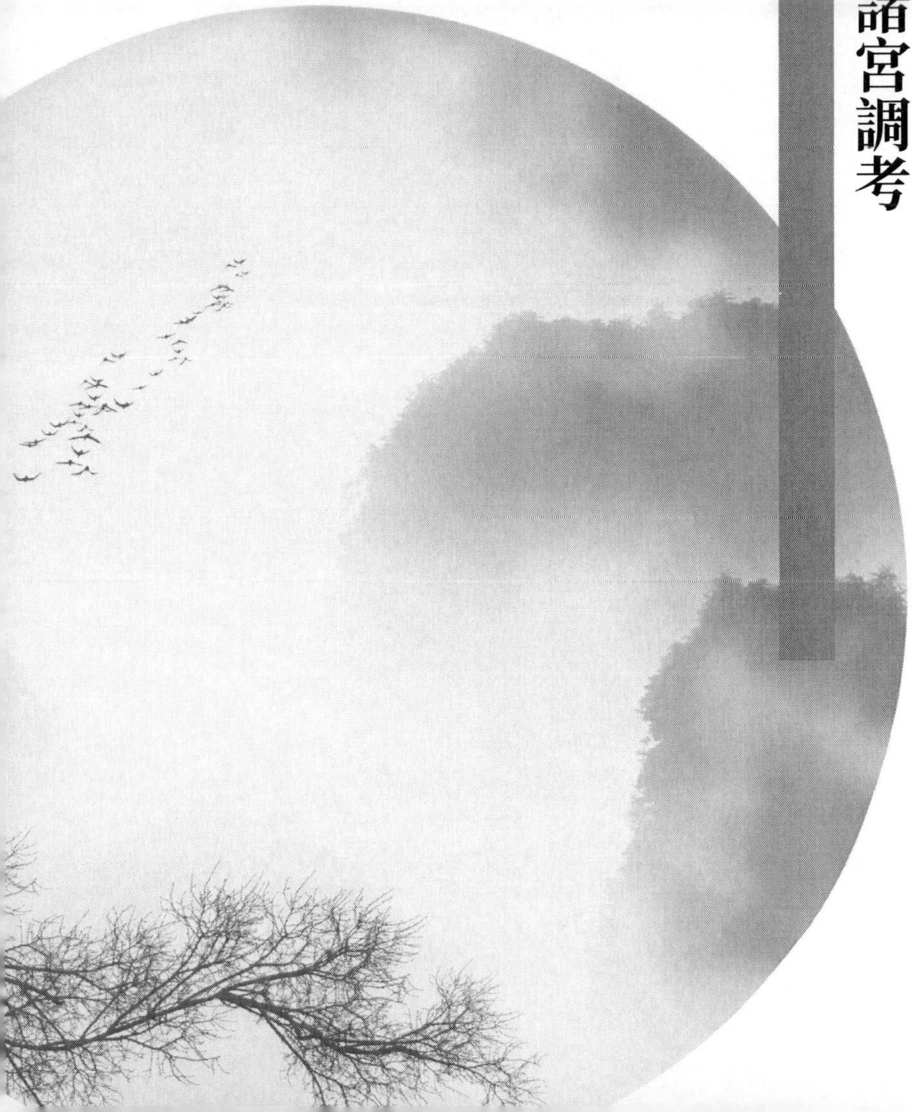

宋金元諸宮調考

一

諸宮調為變文的後裔──實際說唱的底本──諸宮調《風月紫雲亭》劇中的材料

敦煌發見的「變文」，雖不甚為世人所知，實源遠而流長。其直系的子孫，為寶卷，為彈詞，為大鼓詞，今已為人人所知；唯其為宋、金、元人的諸宮調的祖禰，則知者蓋鮮。諸宮調為極弘偉的一種文體，且曾在中國戲曲的一大枝派──雜劇──裡留下絕顯著的蹤跡。然其對於唐五代的「變文」究竟有若何因襲的關係？對於後來的雜劇究竟有若何的深切的影響？則至今尚未有言及之者。諸宮調本身的歷史與結構，也尚未有人作一番有系統的研究。（諸宮調也和變文一樣，被世人所忽視已久。王國維氏在寫《曲錄》的時候，尚未能確定諸宮調之為何物，故董解元《西廂記》及王伯成《天寶遺事》皆被著錄於「傳奇部」。到了他著《宋元戲曲史》時，方才證明董解元《西廂記》是諸宮調。這是很重要的一個判定。諸宮調的研究，自當以王氏為開始。）「諸宮調」並不是一種無甚關係的文體，其歷史也並不是一部很黯淡的歷史；雖其生命並不甚長，其在宋、金、元的文壇上，並沒有引起像詩詞、戲文、雜劇以及平話那麼多的跟從者——這原因，當然一半為的是著作的不易——其所流傳於今世的作品，更沒有像宋詞、元劇那麼「蔚成大觀」，而只是寥寥的幾部。然而僅只這寥寥的幾部，已足以充分的表現出其光榮的成就，已足以在文學史上留下一段最絢爛的行跡；且即在這寥寥的幾部作品裡，也足以很顯明的表現出當時的一般人民該如何的喜愛這些弘偉、美好的著作，該如何熱忱的在靜聽著他們的彈唱。這一種文體在當時必定是一種很流行的文體，其流行的程度，該和平話戲文不相上下。《劉知遠諸宮調》最後有：「曾想此本新編傳，好伏侍您聰明英賢」云云；董解元《西廂記諸宮調》的開頭有：「比前覽樂府不中聽，在諸宮調裡卻著數」云云，又有：「窮綴作，醃對付，怕曲兒捻到風流處，教普天下顛不剌的浪兒每許」云云；王伯成《天寶遺事諸宮調》的引裡，也有：「俺將這美聲名傳萬古，巧才能播四方，歡行中自此編絕唱，教普天下知音盡心賞」云云。都可看出其為實際的說唱的東西。在元人石君寶（據《楝亭十二種》本及暖紅室刊本《錄鬼簿》，石君寶和他的同時人戴善甫各著有《諸宮調風月紫雲亭》一本，（戴氏所著，名《宮調風月紫雲亭》，無「諸」字。）今姑將此劇歸石君寶。）《諸宮調風月紫雲亭》（有《元刊雜劇三十種》本）一劇裡，更可以明白的看出：

〔點絳唇〕怎想俺這月館風亭，竹溪花徑，變得這般嘿光景！我每日撇嵌為生，俺娘向諸宮調裡尋爭競。

〔混江龍〕他那裡問言多傷幸，拿得些家宅神長是不安寧。我勾欄裡把戲得四五回鐵騎，到家來卻有六七場刀兵。我唱的是《三國志》，先饒十大曲；俺娘便《五代史》，添續八陽經。爾覷波，比及攛斷那唱叫，先索打拍那精神。起末得便熱鬧，團掿得更滑熟。並無那唇甜句美，一刬地希嶮艱難。衠撲得些掂人髓，敲人腦，剝人皮，釘腿得回頭硬。娘呵，我看不的爾這般粗枝大葉，聽不的爾那裡野調山聲。……

〔醉中天〕我唱道那雙漸臨川令，他便腦袋不嫌聽，搔起那馮員外，便望空裡助采聲，把個蘇媽媽便是上古賢人般敬。我正唱到不肯上販茶船的少卿，向那岸邊相刁蹬，俺這虔婆道，兀得不好拷末娘七代先靈。……

〔賞花時〕也難奈何俺那六臂哪吒般狠柳青，我唱的是七國裡龐涓也沒這短命，則是個八怪洞裡愛錢精。我若還更九番家廝併，他比的十惡罪尚尤輕。

這裡敘的是一位以唱諸宮調為職業的女子韓楚蘭，和一位少年靈春馬的戀愛的故事。在這裡，我們可以約略的看出當時歌唱諸宮調的情形。那個時候，使用諸宮調這個新文體所歌唱的題材是很廣泛的，已有所謂《三國志》，《五代史》，《雙漸蘇卿》，《七國志》等等的諸宮調了。其中除了《雙漸蘇卿諸宮調》以外，都是所謂「鐵騎兒」；在《董西廂》的開頭，作者曾有過一段話道：

〔風吹荷葉〕打拍不知個高下，誰曾慣對人唱他說他，好弱高低且按捺，話兒不是樸刀桿棒，長槍大馬。

〔尾〕曲兒甜，腔兒雅，裁剪就雪月風花，唱一本兒倚翠偷期話。

他也特別的提出他的「話兒，不是樸刀桿棒，長槍大馬」，可見「樸刀桿棒，長槍大馬」的諸宮調，在當時是特別的流行的。在《張協狀元戲文》（今有北平新印的《永樂大典戲文三種》本）的開端，代替了通常的「家門始末」，「副末開場」等等的規律的，卻是由「末」色登場，先來唱一則《張協諸宮宮調》以為引子。這可見「諸宮調」的勢力在南戲裡也是很大的。

總之，「諸宮調」的這種新文體，必定是在南宋、金、元的百數十年間，成了民間的甚為流行而愛好的一種通俗的文體無疑。其題材自「鐵騎兒」、「樸刀桿棒」以至於「雪月風花」、「倚翠偷期話」，無所不有，其篇幅則往往是長篇巨軸，和說「詞話」之僅以一「話」為一日之談資者不同。歌唱諸宮調的人們也成了一種專一的職業，與演劇的團體、說書的先生們有鼎足而三分當時的文壇之勢。《諸宮調風月紫雲亭》劇裡說道：

〔耍孩兒四煞〕楚蘭明道是做場養老小，俺娘則是個敲郎君置過活。他這幾年間衡儹下胡倫課。這條衝州撞府的紅塵路，是俺娘剪徑截商的白草坡。兩隻手衡勞模，恁逢著的瓦解，俺到處是嗚珂。

則他們也是「衝州撞府」的去「做場」，不專在一個地方賣藝的了。周密的《武林舊事》（卷十），載官本雜劇段數二百八十本，其中有諸宮調二本，則諸宮調在南宋時代已和大曲、法曲諸「雜劇詞」同為「官本」，即御前供奉之具的了。

二

創作諸宮調者孔三傳——南宋說唱諸宮調的藝人們——諸宮調的南宋與金的流行

但諸宮調之興，則在南宋之前。宋孟元老的《東京夢華錄》（卷五）（據秀水金氏影印汲古閣景宋鈔本，及學津討源本。）載「崇、觀以來，在京瓦肆伎藝」，中有「孔三傳《耍秀才諸宮調》」之語。又耐得翁《都城紀勝》（據《楝亭十二種》本。）記載臨安雜事，亦有「諸宮調，本京師孔三傳編撰傳奇、靈怪，入曲說唱」之語。在《碧雞漫志》及《夢梁錄》裡，也並有類似的記載：

熙豐、元祐間，兗州張山人以詼諧獨步京師，時出一兩解。澤州有孔三傳者，首創諸宮調古傳，士大夫皆能誦之。

——王灼《碧雞漫志》卷二（據《知不足齋叢書》本）

說唱諸宮調，昨汴京有孔三傳，編成傳奇靈怪，入曲說唱。今杭城有女流熊保保及後輩女童，皆效此說唱，亦精於上鼓板無二也。

——吳自牧《夢粱錄》卷二十（據《武林掌故叢編》本）

是諸宮調之創始，當在熙豐、元祐年（公元一〇六八年至一〇九三年）之間，而創作諸宮調者，則為澤州孔三傳其人。孔三傳的生平，惜不可知。所可知者，他當為汴京瓦肆中鬻技之一人——既能在諸藝雜呈，萬流輻輳之「京都瓦肆中」占一席地，與小唱，小說，般雜劇，懸絲傀儡，說三分，賣五代史諸專家爭雄長，則其「新詞」必當有甚足動人之處。且既使「士大夫」皆能誦之，則其文辭必也甚為精瑩可喜可知。這樣一位雅俗共賞的偉大的作家，其姓名竟若存若亡，極鮮人知，誠為可嘆！又周密《武林遺事》（卷六）所載「諸色伎藝人」中，有：

諸宮調傳奇

高郎婦　黃淑卿　王雙蓮　袁太道（《祕笈》本「太」作「本」）

是說唱諸宮調的藝人在南宋末年卻不為少。可惜這些藝人的著作，今皆隻字不存，不能為我們所取證，像宋代說話人之「話本」在今尚陸續被發見的好運，恐怕他們是不會有的。

然創作諸宮調的孔三傳的著作以及產生諸宮調的「宋都」，與乎繼續維持著故都的風氣而仍在說唱著諸宮調的臨安府的諸宮調之本子，今雖絕不可得見，但諸宮調的影響卻流播得很遠。經了北宋末年的大亂，一部分的說唱諸宮調的藝人，雖隨了貴族士人們遷徙到中國南部去，而其他一部分卻仍留居於北部；或遷徙西陲的邊疆上去。他們在少數民族所統治的地方，仍在說唱著，仍在散播他們的影響。這影響便發生結果於今有的兩大部諸宮調：《董西廂》與《劉知遠》的身上。這使諸宮調的本來面目，至今尚能為我們所知。這使諸宮調的弘偉的體制至今更為我們所認識。且即在那個地方，又發生出別一個極偉大的影響來。

在元代的前半葉，彈唱諸宮調的風氣，似也未曾過去。王伯成的《天寶遺事諸宮調》當亦為供當時實際彈唱之資的一部著作罷。

三

諸宮調體制的弘偉——韻文與散文的交流——與變文的對照——具體而微的諸宮調《商調蝶戀花》——宋代說唱故事的風氣

諸宮調的體制是一種嶄新的創作，在過去的文學史上，找不出同類的東西來的；諸宮調的體制又是異常的弘偉壯麗，在過去的名著裡更尋不出足以與之相比肩的長篇巨作出來（只有敦煌的《維摩詰經變文》足以與之相提並論罷）。向來我們對於敘事詩的編著便是很不努力的。那末寥寥數十百行的《孔雀東南飛》與《木蘭辭》，卻已足為我們的古文學中的珍異。更不用說會有什麼與荷馬的《依里亞特》（*Iliad*）、《亞特賽》（*Odyssey*），瓦爾米基（Valmiki）的《拉馬耶那》（*Ramayana*）同等的大史詩出現的了。然而到了中世紀的前期，卻突然有了一個絕大的進步與成就。那便是「變文」的產生與諸宮調的突起。

諸宮調的祖禰是「變文」，但其母系卻是唐宋詞與「大曲」等。他是承襲了「變文」

的體制而引入了宋、金流行的「歌曲」的唱調的。諸宮調是敘事體的「說唱調」，以一種特殊的文體，即應用了「韻文」與「散文」的二種體制組織而成的文體，來敘述一件故事的。姑截取諸宮調中的一二段以為例：

——《董西廂》卷下

生辭。夫人及聰皆曰好行。夫人登車，生與鶯別。

〔大石調〕〔驀山溪〕離筵已散，再留戀應無計。煩惱的是鶯鶯，受苦的是清河君瑞。頭西下控著馬，東向馭坐車兒。辭了法聰，別了夫人，把樽俎收拾起。臨上馬還把征鞍倚，低語使紅娘，更告一盞以為別禮。鶯鶯、君瑞彼此不勝愁。廝覷者總無言，未飲心先醉。

〔尾〕滿酌離杯長出口兒氣，比及道得個我兒將息，一盞酒裡，白冷冷的滴夠半盞兒淚。

夫人道：教郎上路，日色晚矣。鶯啼哭，又賦詩一首贈郎。詩曰：棄置今何道，當時且自親。還將舊來意，憐取眼前人。

天道二更已後，潛身私入莊中來別三娘。

〔仙呂調〕〔勝葫蘆〕月下劉郎走一似煙，口兒裡尚埋冤，只為牛驢尋不見。擔驚忍怕，捻足潛蹤，迤邐過桃園。辭了俺三娘入太原，文了面再團圓。抬腳不知深共淺，只被夫妻恩重，跳離陌案，腳一似線兒牽。

〔尾〕恰才撞到牛欄圈，待朵閃應難朵閃，被一人抱住劉知遠。

驚殺潛龍！抱者是誰？回首視之，乃妻三娘也。兒夫來何太晚，兼兄嫂持棒專待爾來。知遠具說因依。今夜與妻故來相別，不敢明白見你。

——《劉知遠諸宮調》第二

這種「韻」、「散」夾雜的新文體，是由六朝的佛經譯文，第一次介紹到中國來的。其後變成了一種通俗的文體，在唐、五代的時候，便用來敘述佛經的故事以及中國的歷史與傳說的許多故事，那便成了所謂「變文」（關於「變文」，請參閱《中國文學史》中世卷第三編上冊第一三三頁以下，又《插圖本中國文學史》第二冊四四五頁以下。）的一種文體。「變文」的體裁，與上面所引的兩段諸宮調的文體是極為相同的。茲舉《八相成道經變文》一段於下：

我佛觀見閻浮提眾生，業障深重，苦海難離，欲擬下界勞籠，拔超生死，遂遣金團天子，先屆凡間，選一奇方，堪吾降質，於此之時，有何言語？

我今欲擬下閻浮，汝等速須挑選一國。遍看下方諸世界，何處堪吾托生臨？

爾時金團天子奉遣下界，歷遍凡間，數選奇方，並不堪世尊托質。唯有迦毗衛國，似膺堪居。卻往天中，具由咨說：

當日金團天子，潛身來下人間。金朝菩薩降生，福報合生何處？遍看十六大國，從頭皆道不堪。唯有迦毗羅城，天下聞名第一。社稷萬年國主，祖宗千代輪王。我觀過去世尊，示現皆生佛國。看了卻歸天界，隨相菩薩下生。時當七月中旬，托蔭摩耶腹內。百千天子排空下，同向迦毗羅國生。

這其間之相歧者，唯「變文」用的是「七言」或「六言」的唱句（有用十言的，也有用五言的，但不多），而諸宮調所用之唱調則為當時流行之「入樂」的歌詞，若《鶯山溪》、《勝葫蘆》之類而已。

像這樣的以「韻文」與「散文」合組起來的說唱體，在宋代是甚為流行的。曾慥《樂府雅詞》開卷所載的無名氏的《調笑集句》，鄭彥能的《調笑轉踏》，晁無咎的《調笑》，皆是以一詩一曲相間組成的。似已開「散文」與「曲調」合組的先路。若趙德麟《侯鯖錄》中所載的《商調蝶戀花》詠《會真記》事者，則已直捷的用「散文」與「曲調」合組而成，其體與諸宮調更為相近：

夫傳奇者，唐元微之所述也。以不載於本集而出於小說，或疑其非是，今觀其詞，自非大手筆孰能與於此。至今士大夫極談幽玄，訪奇述異，莫不舉此以為美談，至於倡優女子，皆能調說大略。惜乎不比之以音律，故不能播之聲樂，形之管弦。好事君子，極宴肆歡之餘，頗欲一聽其說。或舉其末而忘其本，或記其略而不及終其篇。此吾曹之所共恨者也。今因暇日，詳觀其文，略其煩褻，分之為十章。每章之下，屬之以詞。或全摭其文，或止取其意。又別為一曲，載之傳前。先敘全篇之意，調曰商調，曲名《蝶戀花》。句句言情，篇篇見意。奉勞歌伴，先聽調格，後聽蕪詞。

麗質金娥生玉殿，謫向人間，未免凡情亂。宋玉牆東流美盼，亂花深處曾相見。蜜意濃歡方有便，不奈浮名，便遣輕分散。最恨多才情太淺，等閒不念離人怨。

傳曰：余所善張君，性溫茂，美風儀，寓於蒲之普救寺。適有崔氏孀婦，將歸長安。路出於蒲，亦止茲寺。崔氏婦，鄭女也。張出於鄭。敘其女，乃異派之從母。是歲，丁文雅不善於軍，軍之徒，因大擾，劫掠蒲人。崔氏之家，財產甚厚，惶駭不知所措。張與將之黨有善，請吏護之，遂不及難。鄭厚張之德，因飾饌以命張。謂曰：姨之孤嫠未亡，提攜弱子幼女，猶君之所生也，豈可比常恩哉！今俾以仁兄之禮奉見。乃命其子曰歡郎，女曰鶯鶯，出拜爾兄。崔辭以疾。鄭怒曰：張兄保爾之命，寧復遠嫌乎？又久之，乃至。常服睟容，不加新飾，垂鬟淺黛，雙臉桃紅而已，顏色豔異，光輝動人。張驚，為之禮。因坐鄭旁。凝睇麗絕，若不勝其體。張問其年幾？鄭曰：十七歲矣。張生稍以詞導之，宛不蒙對。終席而罷。奉勞歌伴，再和前聲：

錦額重簾深幾許？繡履彎彎，未省離朱戶。強出嬌羞都不語，絳綃頻掩酥胸素。黛淺愁深妝淡注，怨絕情凝，不肯聊回顧。媚臉未勻新淚汙，梅英猶帶春朝露。

全部都凡《蝶戀花》詞十闋，「散文」的一部分則為《會真記》的全文。茲姑錄開頭的二段為例。這已比較《調笑轉踏》等為進步的了。趙德麟與蘇軾同代，其卒年則在南宋之初。其著作年代與孔三傳是約在同時的。像這個「具體而微」的類似諸宮調的《商調蝶戀花》大約也會是同樣的受有「變文」之影響的罷。然其著作的魄力則遠遜於諸宮調的作者了。

這類的體裁在南宋仍然的存在著，其勢力且侵入於說話人「話本」之中。今日所見之《蔣淑真刎頸鴛鴦會》話本。（見《警世通言》第三十八卷，又見《清平山堂話本集》。清平山堂作《刎頸鴛鴦會》。）其中便是使用著《商調醋葫蘆》小令十篇以述蔣淑真「始末之情」的。

阿巧回家，驚氣衝心而殞。女聞其死，哀痛彌極，但不敢形諸顏頰。奉勞歌伴，再和前聲：

鎖修眉，恨尚存，痛知心人已亡。霎時間雲雨散巫陽。自別來，幾日行坐想，空撇下一天情況，則除是夢裡見才郎。

這女兒自因阿巧死後，心中好生不快活。自思量道：皆由我之過，送了他青春一命。日逐殜躞不下。

這話本的年代很古，當係宋、元人之作。又有《快嘴李翠蓮記》（見《清平山堂話本集》），其時代似較後，但其中也似甚著重於「唱詞」。我常常懸想，宋代的說話人，當其「做場」時，也是說唱著的。其與說唱諸宮調的唯一區別，則在：諸宮調以唱為主，而「話本」則以說為主而已。

四

唱詞在諸宮調裡的地位——諸宮調所用的宮調——諸宮調作者們引進新宮調的勇氣

諸宮調雖是說唱的，卻以唱為最重要。其「散文」部分，幾與「變文」無大歧異。像《西廂記諸宮調》，其「散文」的風格，且類趙德麟的《商調蝶戀花》鼓子詞，全出之以古文。其不同之點，且為其特放的輝煌的光彩者，乃是關於唱的一方面。「變文」的唱是極簡單的（大約是梵唄罷），不外六七言及三七等言的式樣，鼓子詞的唱，也是十分的單調的，只是將同樣的一個曲調，翻來覆去的唱著。諸宮調的歌唱，卻大為繁複不同。自其所使用的宮調的問題始，到了其組合不同宮調的套數而敷演著一件故事的體裁的討論止，其間盡有仔細研究的必要。

茲先論諸宮調所用之宮調。宋代教坊所奏樂曲，凡十八調（見《宋史》一百四十二《樂志》十七「教坊」部。）四十六曲。（王國維云：「乃四十大曲之誤。」又云：「所載曲數止於四十，又正平調下獨云無大曲，則前四十曲為大曲無疑。《樂志》原文，出於《文獻通考》，《通考》正作四十大曲。六大兩字，字形相近，故致訛也。」（《唐宋大曲考》其說甚精。）十八調者，為：

一，正宮調（三曲）
二，中呂宮（二曲）
三，道宮調（三曲）
四，南呂宮（二曲）
五，仙呂宮（三曲）
六，黃鐘宮（三曲）
七，越調（二曲）
八，大石調（二曲）
九，雙調（三曲）
十，小石調（二曲）
十一，歇指調（三曲）
十二，林鍾商（三曲）

十三，中呂調（三曲）
十四，南呂調（三曲）
十五，仙呂調（三曲）
十六，黃鐘羽（一曲）
十七，般涉調（二曲）
十八，正平調（無大曲，小曲無定數）

尚有十調：高宮，高大石，高般涉，越角，商角，高大石角，雙角，小石角，歇指角及林鍾角，是廢棄不用了的。

董解元的《西廂記諸宮調》所用的「宮調」凡十四種：

一，正宮調
二，中呂調
三，道宮調
四，南呂宮
五，仙呂宮

六，黃鐘宮
七，越調
八，大石調
九，雙調
十，小石調
十一，般涉調
十二，商調
十三，高平調
十四，羽調

大部分和宋教坊所用十八調相合，所不用者唯林鍾商、中呂宮、南呂調、仙呂調、黃鐘羽、正平調、歇指調等八種而已。但亦有出於宋教坊十八調外者，如商調、高平調、羽調等三種是。唯宋教坊所有的黃鐘羽和正平調，與《西廂記》所有的羽調及高平調二種，極為相近，當是由教坊的二調轉變而來的。那末，《西廂記諸宮調》所增入者僅「商調」一種而已。

又，殘本《劉知遠諸宮調》所用的宮調也有十三種：

一，正宮調
二，中呂調
三，道宮
四，南呂宮
五，仙呂宮
六，黃鐘宮
七，越調
八，大石調
九，雙調
十，般涉調
十一，歇指調
十二，商角調
十三，高平調

為的是殘本，不知全書中更有應用到其他宮調否？唯可注意者，這裡沒有用「羽調」、「商調」，卻多出「商角調」及「歇指調」二種，這是與《西廂記諸宮調》所用的宮調不同之點。「歇指調」也見於宋教坊十八調中。「商角調」則見於宋教坊已廢棄不用的十調之中。這可見《劉知遠諸宮調》的來歷，恐怕是要比《西廂記諸宮調》更為「近古」的。

這些諸宮調所使用的「宮調」，雖較之宋教坊所用十八調已有所出入，然若與元雜劇所用者對勘一下，則很可明了的看出諸宮調的用「調」之更為近古。《輟耕錄》所載「雜劇曲名」，凡分：

一，正宮

二，黃鐘

三，南呂

四，中呂

五，仙呂

六，商調

七，大石

八，雙調

等八類。《太和正音譜》所錄「樂府三百三十五章」則分為：

一，黃鐘

二，正宮

三，大石調

四，小石調

五，仙呂

六，中呂

七，南呂

八，雙調

九，越調

十，商調

十一，商角調

十二，般涉調

等十二類。涵虛子謂：「自黃帝制律一十七宮調，今之所傳者一十有二。」然在涵虛子所錄的十二宮調中，除越調外，其他比《輟耕錄》所載的多出的三調：小石調、商角調和般涉調，在元雜劇裡是絕少用到的。元雜劇所常用者，不過《輟耕錄》中的八調，加上越調，共九調而已。凡宋、金諸宮調所慣用的道宮、歇指調、高平調、羽調等四個宮調，元人已棄不用，小石調、般涉調、高平調等三種，也罕見使用。時代相隔不到兩個世紀，而「宮調」已被淘汰到七種之多。樂音轉變之急，誠為可驚！而諸宮調的作者還不僅襲應用舊調，抑且創造新聲，或引用新聲進來。如董解元，便是於應用了宋教坊十八調之外，更引進了「商調」、「高平調」、「羽調」諸新聲。如《劉知遠諸宮調》的作者，更還恢復了已廢棄不用了的「商角調」。這都可見出諸宮調作者們的勇悍的創作欲與驚人的揮使音律的氣魄來。

五

諸宮調所用的曲牌——其來源：唐燕樂大曲——宋教坊大曲——唐宋詞調——流行的歌曲——創作及其他——曲牌名表

次更論諸宮調所用的曲調。諸宮調所使用的曲調，其來源是極為複雜的，唯綜其大要，不外下列的數支：

第一，唐燕樂大曲　唐燕樂大曲凡四十有六，見於崔令欽《教坊記》（據《古今說海》本）。猶見存於宋、金諸宮調中者有：

（一）綠腰　即六幺。董解元《西廂記》所用者有《六幺遍》、《六幺實催》，皆即此曲調。周密《武林舊事》所載官本雜劇段數中，以「六幺」名者，自《爭曲六幺》以下，凡二十本。宋教坊所用十八調四十六曲中，於中呂調、南呂調、仙呂調中，皆各有《綠腰曲》，可見此曲在宋、金時流行之廣。「詞」裡的《六幺令》大約便也是由此曲轉變而來的。

（二）涼州　即梁州。洪邁云：「涼州今轉為梁州」（《容齋隨筆》卷十四）。宋詞有《梁州令》。《董西廂》所用者有《梁州》、《梁州三臺》。《武林舊事》所載「官本雜劇段數」中，亦有《四僧梁州》等以「梁州」為名者七本。

（三）伊州　宋教坊十八調中亦有《伊州曲》。董解元《西廂記》有《伊州滾》，《劉知遠諸宮調》有《伊州令》，當即此曲。《武林舊事》所載「官本雜劇段數」有《領伊州》、《鐵指伊州》等以「伊州」為名者五本。

（四）突厥三臺　《劉知遠諸宮調》有《耍三臺》，《西廂記諸宮調》有《梁州三臺》，又有《三臺》，或皆與此曲有關。

（五）安公子　《劉知遠諸宮調》有《安公子》，《西廂記諸宮調》有《安公子賺》。「官本雜劇段數」中也有《三教安公子》一本。

（六）迎仙客　《西廂記諸宮調》有《迎仙客》。

（七）柘枝　《西廂記諸宮調》有《柘枝令》，當由此出。

（八）霓裳　《劉知遠諸宮調》有《拂霓裳》，宋詞也有《拂霓裳》，當由此出。

等八曲，其中《迎仙客》一曲，宋代罕見，殆因諸宮調的採用而始得傳達於元劇中者。

尚有《還京樂》一曲，《樂府雜錄》謂係明皇平內難，正夜半，斬長樂門關入宮，後人因撰此曲。宋詞也有此調。《西廂記諸宮調》中，此調凡二見。

第二，宋教坊大曲　《宋史・樂志》詳載教坊所奏十八調四十大曲（「大」原作「六」，據王國維說改，見上注）的名目，其中與唐燕樂大曲名目很有幾個相同的，如《梁州》、《伊州》、《綠腰》等。在那四十大曲裡，為諸宮調所沿用者有：

（一）梁州　見前（正宮調、道宮調、黃鐘宮中俱有之）。

（二）大聖樂　在道宮中。《西廂記諸宮調》有《大聖樂》。宋詞中亦有《大聖樂》。「官本雜劇段數」中有《柳毅大聖樂》等三本。

（三）伊州　見前（越調及歇指調中俱有《伊州》）。

（四）賀皇恩　《西廂記諸宮調》有《感皇恩》，不知是否即此曲。

（五）綠腰　見前（中呂調、南呂調、仙呂調中俱有之）。

（六）長壽仙　《西廂記諸宮調》有《長壽仙滾》。「官本雜劇段數」中有《打勘長壽仙》等三本。「院本名目」中有《偉老長壽仙》一本，又有《抹面長壽仙》一本。

第三，唐宋詞　唐宋詞與唐宋大曲的關係是很密切的，曲調也大都相同。不過詞調繁多，而能編組成大曲，為燕樂時及教坊中人所奏者，則甚少耳。然諸宮調所採用的唐宋詞調則極為繁夥。《劉知遠諸宮調》所用的詞調有：

六幺令　醉落托（「托」即「魄」也）　繡帶兒　戀香衾（以上入仙呂宮）

應天長　一枝花（以上入南呂宮）

女冠子（入黃鐘宮）

拂霓裳（入中呂調）

應天長　甘草子　錦纏道（以上入正宮）

解　紅（入道宮）

沁園春　哨遍　蘇幕遮（以上入般涉調）

賀新郎（入高平調）

永遇樂（入歇指調）

玉抱肚（入商調）

《西廂記諸宮調》所用的詞調有：

醉落魄　滿江紅　六朝天急（當即《朝天子》）　天下樂（以上入仙呂宮）

應天長　一枝花（以上入南呂宮）

喜遷鶯（「院本名目」有《喜遷鶯剁草鞋》一本）　黃鶯兒（以上入黃鐘宮）

踏莎行　粉蝶兒　木蘭花（以上入中呂調）

虞美人　應天長　梁州令　甘草子　三臺（以上入正宮）

解　紅　大聖樂（以上入道宮）

驀山溪　洞仙歌　紅羅襖（以上入大石調）

哨　遍　夜遊宮　沁園春　蘇幕遮（以上入般涉調）

木蘭花（宋詞作《木蘭花慢》）　糖多令　于飛樂　青玉案（以上入高平調）

玉抱肚（入商調）

水龍吟　聽前柳（以上入越調）

御街行　月上海棠　芰荷香（以上入雙調）

蓋較唐、宋大曲調子用得更多。然唐、宋詞調與諸宮調的關係，猶不僅在若干詞調之被採用而已。在宋、金的時代，詞是實際被用來歌唱的東西。諸宮調既特重在歌唱一方面，故尤受詞的歌唱的法則的影響。除了極短的小令像《搗練子》、《如夢令》等以外，詞都是以相同的兩段歌曲，組合而成為一篇的，像：

紅滿枝，綠滿枝，宿雨厭厭睡起遲，閒庭花影移。◯憶歸期，數歸期，夢見雖多相見稀，相逢知幾時！

——馮延巳《長相思》

渡江天馬南來，幾人真是經綸手！長安父老，新亭風景，可憐依舊！夷甫諸人，神州沉陸，幾曾回首！算平戎萬里，功名本是真儒事，君知否？◯況有文章山斗，對桐蔭滿庭清晝。當年墮地，於今試看，風雲奔走。綠野風煙，平泉草木，東山歌酒。待他年整頓乾坤事了，為先生壽！

——辛棄疾《水龍吟》

不問是「令」是「慢」，差不多都是以二段歌語合成的為常例。這大約是要令歌者反覆前聲，用以媚聽之意。與大曲之聯合若干歌篇，鼓子詞之連用若干同調的曲子來詠唱一件故事，其結構正是相同的，不過令、慢多限於二段，而大曲與鼓子詞則往往是十篇以上的結合而已。這種二段同體歌曲的組合，便是諸宮調最受影響於唐宋詞的地方。我們姑舉幾個例來看：

〔黃鐘宮〕〔快活年〕一雙老父母解放眉頭結，三翁也隨順歡容生兩頰。妯娌旁邊努嘴舉唇，不喜些些，三娘內心喜悅也難捨。◯只愁李洪義與洪信生脾鱉，中間做板障，為人忒性劣。結下仇冤，怎肯成親！恰是言絕，走一人向前訴說。

——《劉知遠諸宮調》第一

〔般涉調〕〔夜遊宮〕君瑞從頭盡訴，小生是西洛貧儒。四海遊學歷州府。至蒲州，因而到梵宇。◯一到絕了塵慮，欲假一室看書。每月房錢並納與。問吾師心下許不許？

——《西廂記諸宮調》卷一

這還不和詞的規律相同麼？後來雜劇的「幺篇」，戲文的「換頭」、「前腔」，大約都是由此而蟬遞下去的罷。

第四，流行的歌曲　不入於教坊，不見於唐宋史敘錄，而流行於宋代的大曲及其他歌曲尚有不少。那些流行的歌曲和諸宮調所用的而曲調又有不少是曾發生過關係的：

（一）降黃龍　張炎云：「如《六幺》如《降黃龍》，皆大曲」（見《詞源》，四印齋所刻詞本）。周密《武林舊事》所載「官本雜劇段數」，有《列女降黃龍》、《雙旦降黃龍》等以「降黃龍」為名的大曲五本。《輟耕錄》所載「院本名目」，亦有《摒廩降黃龍》一本。《西廂記諸宮調》中《降黃龍》的曲調凡二見。

（二）整乾坤　此名並見於《西廂記諸宮調》及《劉知遠諸宮調》。《武林舊事》所載「官本雜劇段數」中亦有《四小將整乾坤》本。

（三）黃鶯兒　雖為詞調，但大曲中也有之。「官本雜劇段數」載有《三姐黃鶯兒》、《賽花黃鶯兒》等二本。

（四）喬捉蛇　見於《西廂記諸宮調》。「院本名目」有《喬捉蛇》一本。

（五）惜奴嬌　洪邁《夷堅志》載紹興九年張淵道女請大仙，忽有巫山神女賦《惜奴嬌》大曲一篇，凡九曲，其詞今亦見於《夷堅志》（見《夷堅乙志》卷十三）。《西廂記諸宮調》，《惜奴嬌》凡二見。

（六）柳青娘　見《西廂記諸宮調》。「院本名目」有《柳青娘》一本。

（七）雙聲疊韻　「院本名目」有《雙聲疊韻》一本。《西廂記》及《劉知遠》皆數見此調。

（八）天下樂　「院本名目」有《天下樂》一本。《西廂記》嘗用此曲。

（九）四門子　《西廂記》凡三見《四門子》。「院本名目」有《四門兒》，當即一調。

（十）山麻稭　《西廂記》有《山麻稭》，「院本名目」有《山麻稭》，即同一曲調。

（十一）文序子　《劉知遠》及《西廂記》均有《文序子》。《太平廣記》卷二百四引《盧氏雜說》：「文宗善吹小管，時法師文漵為入內大德，一日得罪流之，弟子入內收拾院中籍入家具籍，猶作法師講聲。上采其聲為曲子，號《文漵子》。」《樂府雜錄》：「長慶中，俗講僧文敘，善吟經，其聲宛暢，感動裡人。樂工黃米飯依其念四聲觀世音菩薩，乃撰此曲。」《文序子》與《文漵子》當即一曲調。

（十二）鶻打兔　《西廂記》有《鶻打兔》一名。「雜劇官本段數」也有《鶻打兔變二郎》一本。

（十三）柳青娘　《劉知遠》有《柳青娘》曲；「院本名目」裡也有《柳青娘》一本。

第六，創作及其他　諸宮調的作者們於採用了上列的許多舊曲之外，必定會有他們自己的創作的新聲，雜在一處歌唱的。我們試把董解元《西廂記諸宮調》所用的曲調數目統計一下，再把他所採用的舊曲的數目附寫於下，列為下表：

宮調名	曲調數	採用舊曲數
仙呂調	三十一	十二
南呂宮	六	二
黃鐘宮	十五	七
中呂調	二十	九
正宮	十	八
道宮	五	二
大石調	九	五
般涉調	十二	六
高平調	五	四
商調	三	一
越調	十四	三
雙調	九	四
羽調	一	○
	一百三十九	六十三

據此表，則在《西厢記諸宮調》所用的一百三十九個曲調裡，僅有六十三個是見於舊曲或當時流行詞曲中者。其餘的一倍以上的曲調數，卻都是不見於其他記載的。固然這不見他書的七十七個曲調未必個個都是嶄新的創作，其中當然也會雜有不少當時流行而今失傳了的歌調在內。但若說在這七十七個曲調裡，全沒有幾個是董解元的創作，那也似乎是說不過去的事。《西厢記諸宮調》的作者既具有那末弘偉的創作力，抒寫出那麼弘偉的一部大名著來，當然也會有創作若干新聲的能力的。

再就殘本的《劉知遠諸宮調》統計一下，在其所有的四十八個曲調裡，也只有二十六個是舊曲。其他，與《西厢記諸宮調》相同的也有若干。那些兩部諸宮調相同的若干曲調，可以證明，大約便是宋金諸宮調裡所沿用的特殊的歌調了。

總括上面所說的話，作一表，用以闡明宋、金諸宮調所用的曲調的來源：

諸宮調
- 唐燕樂大曲
- 宋教坊大曲
- 唐宋詞調
- 當時流行樂曲
- 創作及其他

諸宮調所用的曲調便是這樣組合了起來的。下面更將《西廂記諸宮調》及《劉知遠諸宮調》所用的全部曲調名目（這裡並沒有將王伯成的《天寶遺事諸宮調》加入作為研究的對象，其原因是：《天寶遺事》為元人所作，其所用的曲調已受元雜劇的影響。）列為二表：

《西廂記諸宮調》所用曲牌名表

（仙呂宮）	醉落魄（四見） 整金冠 風吹荷葉（六見） 賞花時（十二見） 點絳唇（六見） 醉奚婆（四見） 惜黃花（二見） 戀香衾（五見） 整花冠△繡帶兒（五見） 剔銀燈（二見） 臺臺令 一斛叉 滿江紅（三見） 樂神令（二見） 醍醐香山會 六幺令 六幺遍 六幺實催 勝葫蘆（二見） 哈哈令哈哈令 瑞蓮兒（三見） 河傳令 喬合笙 臨江仙 朝天急 天下樂 相思會 喜新春 香山會 （△疑即整金冠三者疑係一名。）
（南呂宮）	瑤臺月（三見） 三煞 一枝花（二見） 應天長 傀儡兒 轉青山
（黃鐘宮）	侍香金童（四見） 喜遷鶯 四門子（三見） 柳葉兒（四見） 快活爾 出隊子（六見） 雙聲疊韻（四見） 黃鶯兒（三見） 降黃龍滾（二見） 刮地風（三見） 整金冠令 賽兒令（二見） 神仗兒（二見） 間花啄木兒（八見） 整乾坤
（中呂調）	香風合 牆頭花 風合合 碧牡丹（七見） 鶻打兔（四見） 牧羊關（三見） 喬捉蛇 木魚兒 石榴花 棹孤舟雙聲疊韻（二見） 迎仙客 滿庭霜 粉蝶兒 古輪臺（四見） 踏莎行 木蘭花 千秋節 安公子賺 渠神令

〔正宮〕	虞美人　應天長（四見）　萬金臺　文序子（三見）　甘草子（六見）　脫布衫（四見）　梁州（二見）　梁州三臺（二見）　梁州令　賺　二臺
〔道宮〕	解紅　憑欄人　賺　美中美　大聖樂
〔大石調〕	伊州滾（四見）　驀山溪（三見）　吳音子（五見）　梅梢月　玉翼蟬（八見）　紅羅襖（三見）　還京樂（二見）　洞仙歌（三見）　感皇恩
〔小石調〕	花心動
〔般涉調〕	哨遍（四見）　耍孩兒　太平賺　柘枝令（三見）　牆頭花（五見）　夜遊宮（二見）　急曲子（四見）　沁園春（二見）　長壽仙滾（二見）　麻婆子（三見）　蘇幕遮
〔高平調〕	木蘭花（四見）　于飛樂（二見）　糖多令　牧羊關青玉案
〔商調〕	玉抱肚（二見）　文如錦　定風波（二見）
〔越調〕	上平西（四見）　鬥鵪鶉（五見）　青山口（四見）　雪裡梅（五見）　錯煞　緒煞　廳前柳　蠻牌兒　山麻皆　水龍吟看花回（二見）　揭鉢子　疊字玉臺　渤海令
〔雙調〕	豆葉黃（二見）　攪箏琶（三見）　慶宣和（二見）　文如錦（四見）　惜奴嬌（二見）　月上海棠　御街行（四見）　芰荷香（二見）　倬倬戚
〔羽調〕	混江龍

《劉知遠諸宮調》所用曲牌名表

〔仙呂宮〕	六幺令（三見） 勝葫蘆（二見） 醉落托（三見） 繡帶兒（二見） 戀香衾（二見） 相思會 整花冠 繡裙兒 一斛叉 整乾坤
〔南呂宮〕	瑤臺月（三見） 應天長（二見） 一枝花（二見）
〔黃鐘宮〕	願成雙（二見） 女冠子 快活年（三見） 雙聲疊韻出隊子（三見）
〔中呂調〕	安公子 柳青娘（二見） 酥棗兒 牧羊關 木笪綏 拂霓裳
〔正宮〕	應天長（三見） 甘泉子（應作《甘草子》） 文序子（二見） 錦纏道（二見）
〔道宮〕	解紅
〔大石調〕	伊州令 紅羅襖 玉翼蟬
〔般涉調〕	牆頭花（三見） 耍孩兒（二見） 麻婆子（二見） 沁園春（四見） 哨遍 蘇幕遮（二見）
〔商角〕	定風波（二見） 抛球樂
〔高平調〕	賀新郎（五見）
〔歇指調〕	枕屏兒 耍三臺 永遇樂（二見）
〔商調〕	回戈樂 玉抱肚（二見）
〔越調〕	踏陣馬
〔雙調〕	喬牌兒

六

諸宮調所用的套數——套數編組的三個方式——《西廂記諸宮調》所用套數表——《劉知遠諸宮調》所用套數表——所受到的影響——唐宋詞調的影響——唱賺的影響最大——早期的諸宮調的套數方式問題——唐宋大曲的影響——宋雜劇的影響——諸宮調作者們融冶力的弘偉

複次，論諸宮調所用的套數的編組的法式。集合約一宮調的曲調若干支，組合成一個歌唱的單位，有引有尾（但也有無尾聲的），那便是所謂套數。詞與散曲裡的小令，只用一個曲調單獨的成為一個歌唱的單位，那便不是套數。從最廣的（或最早的）定義上看來，凡是能夠組合二支或二支以上的曲調而成為一個歌唱的單位者皆可謂為套數。在這個定義上，幾乎把許多的詞調，凡是以二段組編成者，都可謂為套數（不過套數之名，僅應用於曲，而不曾應用到詞上去）。那二支或二支以上的曲調，組成一個套數的，有時竟是同一的調子，有時是不同的。不過總要在同一宮調之內。例如：

〔黃鐘宮〕女冠子……（么）……尾　（《劉知遠諸宮調》第一）

〔高平調〕木蘭花……（么）　（《西廂記諸宮調》卷二）

〔中呂調〕木笪綏……（么）……（么）……（么）……（么）……尾　（《劉知遠諸宮調》第二）

這些都是以在同一宮調內之同樣的曲調，反覆歌詠著的。有「有尾聲」的，像第一例；也有「無尾聲」的，像第二例。像這樣單調的套數，元以後是很少用之的。元、明人的所謂套數，不論用在「戲曲」中或「散曲」中，都是要用在同一宮調內之兩個以上不同的曲調組織成功的。像關漢卿的《望江亭中秋切膾旦》雜劇第二折：

〔中呂〕粉蝶兒……醉春風……紅繡鞋……十二月……堯民歌……煞尾

這一類以二支以上在同一宮調中不同的曲調組織成功的套數，在初期是比較得少見。但在諸宮調裡卻已是充分的應用到了。我們如研究一下諸宮調所使用的套數，便可看出他們所用的套數，其性質是極為複雜的，其組成法是有好幾種不同的；由那裡，可以充分的看出諸宮調作者們融冶力的弘偉，收容量的巨大。差不多自唐宋詞調以下，凡宋教坊大曲，宋流行大曲，以至宋唱賺等等的不同的套數的組織，無不被網羅殆盡。我們在那裡，開始看見那些不同式的套數的被混合，被割裂，被自由的任意的使用著。我們可以說，像諸宮調作家們那末具有果敢無前的驅遣前人的遺產以為自己的便利之勇氣者，在中國文學史上似還不曾見到第二群過！

綜觀諸宮調所用的套數，其方式大別之有後列的三種：

(甲)組織二個同樣的支曲以成者；

(乙)組織二個或二個以上同樣的支曲，並附以尾聲而成者；

(丙)組織數個不同樣的支曲並附以尾聲者。

我們若把董解元的《西廂記諸宮調》所用的套數統計一下，便可以看出：在他所用的一百九十三套裡（內支曲二支，並計入），其組織方式，可歸在甲類者共有五十三套（內有《吳音子》二曲，是支曲非套數）。姑舉二例：

〔高平調〕〔木蘭花〕從自齋時，等到日轉過，沒個人偢問。酩子裡忍餓，侵晨等到合昏個，不曾湯個水米，便不餓損卑末。◯果是咱饑變做渴，咽喉乾燥肚兒裡如火。開門見法本來參賀：恁那門親事議論的如何？

〔雙調〕〔惜奴嬌〕絕早侵晨，早與他忙梳裹，不尋思虛脾真個。你試尋思秀才家，平生餓無那，空倚著門兒嘸唾。◯去了紅娘，會聖肯書幃裡坐？坐不定一地裡篤麼。覷著日頭兒暫時間齋時過。殺剁，又不成紅娘鄧我？

可歸在乙類者共有九十四套。茲舉一例：

〔仙呂調〕〔賞花時〕酒入愁腸悶轉多，百計千方沒奈何！都為那人呵！知他你姐姐知我此情麼?眼底閒愁沒處著,多謝紅娘見察。我與你試評度,這一門親事,全在你成合。〔尾〕些兒禮物莫嫌薄,待成親後再有別酬賀。奴哥託付你方便子個!

可歸在丙類者較少,共有四十六套。茲舉一例:

〔中呂調〕〔棹孤舟纏令〕不以功名為念,五經三史何曾想!為鶯娘,近來妝就個軃浮浪。也羅!老夫人做事軃搜相,做個老人家說謊。白甚鋪謀退群賊,到今日方知是枉。也羅!一陌兒來直恁地難偎傍,死冤家,無分同羅幌,也羅!待不思量,又早隔著窗兒望。贏很眼狂心癢癢,百千般悶和愁,盡總撮在眉尖上,也羅!

〔雙聲疊韻〕燭熒煌,夜未央,轉輾添惆悵。枕又閒,衾又涼,睡不著,如翻掌。謾嘆息,謾悒怏,謾道不想怎不想,空贏得肚皮兒裡勞攘。〇淚汪汪,昨夜甚短,今夜甚長,挨幾時東方亮!情似痴,心似狂,還煩惱如何向?待漾下又瞻仰,道忘了是口強,難割捨我兒模樣!

〔迎仙客〕宜淡玉,稱梅妝,一個臉兒堪供養。做為賺,百事搶,只少天衣,便是捻塑來的觀音像。○除夢裡曾到他行。燒盡獸爐百和香，鼠窺燈偎著矮床。一個孽相的蛾兒，繞定那燈兒來往。

〔尾〕淅零零的夜雨兒擊破窗，窗兒破處風吹著忒飄飄的響，不許愁人不斷腸！

若列為表，則在甲類裡的套數，如下：

〔仙呂調〕	醉落魄　一斛叉　滿江紅（凡三見）　樂神令（凡二見）　醒醐香山會　香山會　相思會　臨江仙　喜新春　惜黃花　勝葫蘆
〔黃鐘宮〕	黃鶯兒（凡三見）
〔中呂調〕	踏莎行　木蘭花　滿庭霜　千秋節
〔大石調〕	驀山溪　吳音子（凡二見）　梅梢月　玉翼蟬（凡四見）　洞仙歌（凡三見）　感皇恩
〔高平調〕	木蘭花（凡四見）　于飛樂（凡二見）　青玉案
〔般涉調〕	夜遊宮（凡二見）
〔雙調〕	慶宣和　惜奴嬌（凡二見）　月上海棠　御街行（凡四見）　倬倬戚
〔羽調〕	混江龍
〔小石調〕	花心動

其中唯《吳音子》的二支，皆為支曲，並非套數。在乙類的套數如下：

〔仙呂宮〕	賞花時（凡十二見） 點絳唇 朝天急 戀香衾（凡五見） 整花冠 繡帶兒（凡五見） 剔銀燈（凡二見） 惜黃花 勝葫蘆 六幺令
〔南呂宮〕	一枝花 應天長 瑤臺月
〔黃鐘宮〕	侍香金童（凡二見） 出隊子（凡四見） 降黃龍袞
〔中呂調〕	牆頭花 碧牡丹（凡五見） 鶻打兔（凡二見） 牧羊關（凡三見） 喬捉蛇 粉蝶兒 古輪臺（凡四見）
〔正宮〕	應天長 文序子
〔大石調〕	伊州滾（凡三見） 驀山溪（凡二見） 吳音子（凡三見） 玉翼蟬（凡四見） 紅羅襖（凡二見） 還京樂（凡二見）
〔般涉調〕	牆頭花 麻婆子（凡三見） 沁園春
〔商調〕	玉抱肚（凡二見） 文始錦 定風波（凡二見）
〔道宮〕	解紅
〔雙調〕	豆葉黃 攪箏琶 文如錦（凡四見） 芰荷香（凡二見）

在丙類的套數如下：

（仙呂調）	醉落魄纏令（凡二見） 點絳唇纏 點絳唇纏令（凡二見） 點絳唇（纏令） 河傳令纏 六幺實催
（南呂宮）	一枝花纏 瑤臺月
（黃鐘宮）	降黃龍滾纏令 快活爾纏令 鬧花啄木兒第一 侍香金童纏令（凡二見） 喜遷鶯纏令
（中呂調）	香風合纏令（凡二見） 碧牡丹纏令（凡二見） 安公子賺 棹孤舟纏令
（正宮）	虞美人纏 文序子纏 文序子（纏令） 甘草子纏令 梁州纏令（凡二見） 梁州令斷送
（道宮）	憑欄人纏令
（大石調）	伊州滾纏令
（般涉調）	哨遍斷送 哨遍纏令（凡三見） 沁園春（纏令） 蘇幕遮（纏令）
（高平調）	糖多令（纏令）
（越調）	上平西纏令（凡四見） 鬥鵪鶉纏令 廳前柳纏令 水龍吟（纏令）
（雙調）	豆葉黃（纏令）

在這四十六套裡，體例最為繁雜，名稱也至不一致；名稱「纏令」者最多，凡二十七套；單名為「纏」者凡六套；名為「斷送」者凡二套；名為「實催」者凡一套；

單是舉出曲名，不言其為「套令」，而實可歸於此類中者凡九套；名為「賺」者凡一套。這些不同的名目與不同的體例便是使我們得以看出諸宮調套數組成法的來源犁然的痕跡來的。

試再舉《劉知遠諸宮調》所有的套數，列為一表如下。《劉知遠諸宮調》今存者僅為全書的少半，共殘存套數八十。全書究竟有若干套數，則不可知，大約也不過是二百套左右罷。在這八十個套數裡，屬於甲類者凡十二套（《一枝花》一套並計入）：

（仙呂調）	勝葫蘆　醉落托　相思會
（歇指調）	一斛叉　枕屏兒　永遇樂（凡二見）
（高平調）	賀新郎（凡三見）
（雙調）	喬牌兒

又第三「則」第四頁所載《南呂宮一枝花》一套，因下半殘缺，有「尾」與否不可知，姑附於此類。屬於乙類者凡六十五套（調名佚去的二套，並計及）：

（仙呂調）	六幺令（凡三見）　勝葫蘆　繡帶兒（凡二見）　醉落托（凡二見）　戀香衾　整乾坤
（南呂宮）	瑤臺月（凡二見）　應天長（凡三見）　一枝花
（黃鐘宮）	願成雙（凡二見）　女冠子　快活年（凡三見）　雙聲疊韻　出隊子（凡三見）

〔中呂調〕	牧羊關　木笪綏　拂霓裳
〔正宮〕	文序子（凡二見）　錦纏道（凡二見）　應天長
〔道宮〕	解紅
〔大石調〕	紅羅襖　玉翼蟬　伊州令
〔般涉調〕	牆頭花（凡三見）　耍孩兒（凡二見）　麻婆子（凡二見）　沁園春（凡四見）　哨遍　蘇幕遮（凡二見）
〔商角調〕	定風波（凡二見）
〔商調〕	玉抱肚（凡二見）　拋球樂　回戈樂
〔高平調〕	賀新郎（凡二見）
〔歇指調〕	耍三臺
〔越調〕	踏陣馬

又第一「則」第五頁，及第十一「則」第四頁，均有殘缺上半部之套數各一支，僅各存下半少許及尾聲一支，不知其為乙類或丙類，也姑附志於乙類中。

屬於丙類者凡三套：

〔仙呂調〕	戀香衾纏令
〔中呂調〕	安公子纏令
〔正宮〕	應天長纏令

王伯成《天寶遺事諸宮調》，出現於元代的中葉，其套數的組成法則，已甚受當時流行的「元雜劇」的影響，故這裡不舉出。但其中也仍保存有諸宮調所特有的套數的結構法，以及諸宮調所特有的曲調若干。這是可以注意的一點。

就上面的套數表看來，諸宮調所使用的套數，其甲、乙、丙三類的組合式，似皆有一定的規律；某一個曲調可以組為甲類方式，某某幾種曲調則只能組成乙類方式，某某若干支曲調，又只能組成丙類方式，這其間似有不可混亂的關係在著。其三類通用的曲調原也有，但是不多。例如，在甲類裡的《醉落魄》、《勝葫蘆》雖亦可用來組織乙、丙二類的套數，然究為少數。像《滿江紅》、《臨江仙》、《黃鶯兒》、《踏莎行》、《千秋節》、《御街行》、《惜奴嬌》等等，便不見於乙、丙二種套數之中；又像《賞花時》，只適合於乙種套數之用，甲、丙二種裡便見不到它；《哨遍》只適合於丙種套數之用，甲、乙二種裡，便見不到它。後來使用於元、明人的劇曲與散曲中的曲調，也有這種限制。有許多合於套數之用的，便永不能成為小令所用的曲子。有一部分曲調專適小令之用的，套數裡便見不到它們。

茲更進論諸宮調套數組成方式所受到的他種文體的影響。

第一，自然是唐宋詞的影響　這在上文已經說明過。凡在甲類方式裡的套類，差不多全同於唐宋詞之以前後二段合為一篇者。

第二，最大的影響　還是從當時的一種流行的新詩體，名為「唱賺」的那裡得到，「唱賺」是一種已失的新詩體，從南宋末年以後便永不曾有人注意到她；直到最近的十餘年前，王國維氏才第一次開始去研究（見《宋元戲曲史》第四章《宋之樂曲》）。唱賺並不是什麼已失的一支兩支的民歌，她乃是具有偉大的體制的嶄新的創作。她創出了幾種動人的新聲，她更革了遲笨繁重的唐宋大曲的音調。我們文學史裡知道在同一宮調裡，任意選取了若干支曲子，來組成一個套數，第一次乃是由於「唱賺」者的創作。這個影響極大。由單調的以二段曲子組成的詞，由單調的以八支或十支以上的同樣的曲調組成的大曲，反覆歌唱，聲貌全同，豈不會令聽者覺得厭倦麼？一個嶄新的新聲便在這個疲乏的空氣中產生出來。唱賺產生於何時，據宋人紀載，約略可知。耐得翁《都城紀勝》說：

唱賺在京師，可有纏令纏達。有引子尾聲為纏令。引子後可以兩腔遞且循環間用者為纏達。中興後，張五牛大夫，因聽動鼓板中，又有四太平令或賺鼓板（即今拍板大篩揚處是也），遂撰為賺。賺者，誤賺之義也。令人正堪美聽，不覺已至尾聲。是不宜為片序也。今又有覆賺；又且變花前月下之情及鐵騎之類。凡賺最難。以其兼慢曲，曲破，大曲，嘌唱，耍令，番曲，叫聲諸家腔譜也。

吳自牧《夢粱錄》所敘唱賺的情形：與《都城紀勝》全同，唯載「今杭城老成能唱賺者如竇四官人，離七官人，周竹窗，東西兩陳九郎，包都事，香沈二郎，雕花楊一郎，招六郎，沈媽媽」等姓名。周密《武林舊事》也載唱賺者姓氏，自濮三郎、扇李二郎以下，凡二十二人。唱賺在南宋是成為一門專業的。

唱賺的一個新詩體，自張五牛大夫創作出來後，立刻便為說唱諸宮調的人物所採取。說唱諸宮調者所採取的唱賺的新體，只是初期的，易言之，即只是張五牛大夫所創的纏令及纏達的二體。至如流行於南宋末年的覆賺，當然董解元的《西廂記》和無名氏的《劉知遠》是不及採用到的。

唱賺的詞，亡佚已久。王國維氏始於《事林廣記》（戊集卷二，《事林廣記》有日本翻刻本。）中發見其唯一的存在的一篇。其前且有唱賺規例。此賺詞的題目是：

圓社市語　中呂宮　圓裡圓

「圓社」蓋謂蹴球事。全詞的結構如下：

紫蘇丸……縷縷金……好女兒……大夫娘……好孩兒……賺……越恁好……鶻打兔……尾聲

這和諸宮調所用的一部分套數，其結構正是相同：

梁州令斷送……應天長……賺……甘草子……脫布衫……三臺……尾

——《西廂記諸宮調》

唱賺有纏令纏達二體之分。纏令之體，有引子，有尾聲，正同上列的那種形式。唯上列賺詞當為南宋後半期之作。（《武林舊事》卷三及《夢粱錄》卷十九，所載各社名，均有「遏雲社唱賺」云云，而《事林廣記》載此賺詞，其前恰為遏雲要訣，遏雲致語，則此賺詞自當與遏雲社有關係。）初期的賺詞，究竟有沒有這樣的複雜，卻是一個疑問，看了「賺者誤賺之意也，令人正堪美聽，不覺已至尾聲」云云，我們總要覺得初期的賺詞，大約不會是很長的，或者只要「有引子，有尾聲」，便已足夠了罷。諸宮調中，最多的套數，乃是屬於乙類的方式的，即皆只有一引子一尾聲的。或者與初期的賺詞之間，其關係是頗密切的罷。唯頗有可疑者，即為什麼屬於乙類的許多套數，都不標出纏令二字來，也許那些乙類方式的套數，和唱賺意是全無關係。這也是很有可能的。

無論如何，諸宮調的丙類方式的套類，明標為「纏」或「纏令」者，其與唱賺中的「纏令」的同為一物，卻是無可致疑的。

纏達的一體，在諸宮調裡用到的很少。纏達，據耐得翁、吳自牧諸人的說明，是「引子後只以兩腔遞且循環間用者」。根據了這個說明，我們在《西廂記諸宮調》裡去找，只找到這樣的一套：

〔仙呂調〕六幺實催……六幺遍……哈哈令……瑞蓮兒……哈哈令……瑞蓮兒……尾

假如「哈哈令」為「哈哈令」的同一物（是寫錯了的罷），則此體大似纏達的組織。又《劉知遠諸宮調》裡，也有這樣的一套：

〔中呂調〕安公子纏令……柳青娘……酥棗兒……柳青娘……尾

雖名為「纏令」，與「纏達」的組織卻頗相同。

在這個地方，有一個重要的問題，突然的發生了。諸宮調的起源，早於唱賺者甚久。諸宮調的創作者孔三傳是在北宋的神宗、哲宗時代的；唱賺的創作者張五牛大夫卻生在南宋中興後。其間相隔至少有半個世紀。在沒有受到唱賺的影響之前，原始的諸宮調，其唱詞究竟是什麼式樣的呢？這是該仔細研究的。據我個人的推測，諸宮調的諸作者，為了想維持其專門的職業，常要不時的採取了流行的新聲，運用於諸宮調之中以增高其複雜的趣味，使聽者更感愉快。好在諸宮調的篇頁常是很浩瀚的，其體例又不是很硬化的，盡有容納許多新聲的可能。當孔三傳初創作的時代或只有聯合各宮調的詞調與大曲以成之的罷。或者竟已運用到乙類方式的組織，也說不定。「尾聲」雖不見於詞與大曲中，但在北宋時代或已有之。初期的諸宮調或已充分的運用著這類的「一曲一尾」的簡單的方式。後期諸宮調之所以獨多應用著此類的方式，其消息是頗可知道的。

第三，是唐宋大曲的影響　大曲的結構，極為簡單；為的是舞曲（參看王國維氏《唐宋大曲考》（《王忠慤公遺書》本）），故只是以同一曲調，翻來覆去的唱了一遍又一遍，常是唱了九遍十遍而未已。宋詞中常有用大曲來詠唱一件故事的。曾慥《樂府雅詞》的上卷，曾載有董穎作的：薄媚（西子調）一首。又有所謂「轉踏」者，曾慥選無名氏《九張機》二首，無名氏《調笑集句》一首，鄭彥能《調笑轉踏》一首，晁無咎《調笑》一首。其結構與大曲大都相同。王明清《玉照新志》（卷二）載有詠唱馮燕事的大曲《水調歌頭》（曾布著）一首；史浩《鄮峰真隱漫錄》（卷四十五）載有《採蓮》大曲一首；其結構也完全相同，唯其遍數不同，各遍之名也有別耳。茲列數種方式如下：

一，排遍第八……排遍第九……第十攧……入破第一……第二虛催……第三衮遍……第四催拍……第五衮遍……第六歇拍……第七煞衮。

——《道宮・薄媚》（西子詞）

二，延遍……攧遍……入破……衮遍……實催……衮……歇拍……煞衮。

——《雙調・採蓮》（壽卿詞）

三，排遍第一……排遍第二……排遍第三……排遍第四……排遍第五……排遍第六帶花遍……排遍第七攧花十八

——《雙調・水調歌頭》（馮燕詞）

第三式，初見若相歧甚多，細察之，則極為相同，尤其第一第二式幾全同。第二式之「延遍」相當於第一式之「排遍第八」，「排遍第九」；「攧遍」即第一式之「第十攧」；「入破」即第一式之「入破第一」；「實催」則相當於第一式之「催拍」；名稱雖不同，其實皆為同一曲調。此種唐宋大曲的歌唱方式，似極流行於宋、元的民間，連小說界也被侵入。趙德麟的詠《會真記》的《商調蝶戀花》是應用此體的（詳上文）。諸宮調自不能「自居化外」，在殘本《劉知遠諸宮調》裡，有：〔中呂調〕木笪綏一套，除「尾」外，共連用了五個同一的《木笪綏》的調子。這是最和大曲相近的了，又《西廂記諸宮調》裡，也有一套：

〔黃鐘宮〕閒花啄木兒第一，整乾坤……第二，雙聲疊韻……第三，刮地風……第四，柳葉兒……第五，賽兒令……第六，神仗兒……第七，四門子……第八，尾

所謂「第二」、「第三」者，便是「閒花啄木兒」、「第二」、「第三」，連用「閒花啄木兒」一詞至八遍之多，其格式與大曲也至相近。不過已把大曲大加改造，添入別的

曲調至八個（連「尾」在內）之多，已非大曲格律之所能範圍得住的了。又在諸宮調所用的曲子裡，有所謂：

長壽仙滾　降黃龍滾　六幺實催　六幺遍

等等者，其為由大曲的影響而來，也明白可知。

第四，宋雜劇的影響　宋雜劇與元雜劇是截然不同的二物，只是與大曲很相同的一種歌舞「雜劇」或更加以滑稽的道白而已。宋雜劇在諸宮調裡的影響至為有限。《都城紀勝》謂：

雜劇中——又或添一人裝狐。其吹曲破斷送者謂之把色。

《武林舊事》（卷八）記載宋內筵樂單，也有：

勾雜劇色時和等做《堯舜禹湯》，斷送《萬歲聲》；
勾雜劇吳國寶等做《年年好》，斷送《四時歡》；

云云。所謂斷送，意義不甚明瞭。今所見諸宮調裡乃有：

哨遍斷送
梁州令斷送

二套。這是諸宮調與宋雜劇的唯一的姻緣所在。所謂「斷送」（皆見《西廂記諸宮調》），大抵便是「開場」時所用的歌曲罷。故諸宮調所用的《哨遍斷送》，《梁州令斷送》，皆居於套數的第一曲或「引子」的地位。

這四種影響，便是諸宮調套數的來歷所在；但如上文所述，「一曲一尾」的乙類方式的套數，或會是諸宮調自己的創作罷茲列為一表如下：

諸宮調的套數
- 唐宋詞
- 創作
- 宋唱賺
- 唐宋大曲
- 宋雜劇詞

諸宮調的作者們，融冶力似皆極為弘偉，故往往取宋雜劇的「斷送」；取唱賺的「賺」；取大曲的「袞」與「遍」與「實催」等等而自行鑄造一種新聲的套數出來。在使用纏達的方式時，也往往有所變異。他們是這樣的不名一家的採用著！他們是這樣的「取精用弘」！

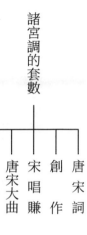

七

尾聲的研究——尾聲始於何時——尾聲的幾個方式——錯煞與三煞等

最後，還要研究一下諸宮調所用的「尾聲」的方式。這是一個很有趣味的且是值得研究的問題。諸宮調使用「尾聲」極多；在《西廂記諸宮調》的一百九十一套裡，有「尾聲」者竟占一百四十套之多；在殘本《劉知遠諸宮調》的八十套裡，有「尾聲」者，也占六十八套之多。僅就這二百零八個尾聲而研究之，已盡夠我們的得到一個結論的了。(王伯成的《天寶遺事諸宮調》，姑置不論。)

「曲子」之有「尾聲」始於何時呢？這是很難回答的。宋大曲有「煞衮」，其名頗類「尾聲」，實則乃所唱的同樣曲調的最後一遍；與諸宮調套數的「尾聲」，為毫不相干之物。(元雜劇所用的尾聲，種類甚多，往往隨宮調而不同，甚至隨某某套而不同，也和諸宮調所用之極單純的尾聲頗殊其趣。)「尾聲」或當與諸宮調同被創於宋神宗時孔三傳之手的罷。這是很有可能的。以後，張五牛創作唱賺，更大暢「尾聲」的使用之途。賺詞的尾聲，與諸宮調的極為相同：

〔尾聲〕五花叢裡英雄輩，倚玉偎香不暫離，做得個風流第一。

——《圓社市語》（賺詞，《事林廣記》戊集卷二引）

這是用七言的三句組成了的。諸宮調的尾聲，也幾乎全是以此種格式組成了的：

〔尾〕往日與他有仇隙，只寃他知遠無禮，恁兩個也不是平善底。

〔尾〕星移斗轉近三鼓，怎顯得官家福分，沒雲霧平白下雨。

〔尾〕恰才撞到牛欄圈，待朵閃應難朵閃，被一人抱住劉知遠。

——以上《劉知遠諸宮調》

〔尾〕心頭懷著待不思憶，口中強道不憔悴，怎瞞得青銅鏡兒裡。
〔尾〕寺牆兒便是純鋼裹？更一個時辰打不破，屯著山門便點火。
〔尾〕癢如如把心不定，肚皮裡骨轆轆地雷鳴，眼懸懸地專盼著人來請。
〔尾〕不圖酒食不圖茶，夫人請我別無話。孩兒，管教俺兩口兒就親吵？
〔尾〕去了紅娘歸書舍，坐不定何曾寧貼，倚門專待西廂月。
〔尾〕莫道男兒心如鐵，君不見滿川紅葉，盡是離人眼中血。

——以上《西廂記諸宮調》

雖有幾個字的多少，但多出來的卻是襯字，實際上還是七言的三句。也還有第一句的七言，變格而為二句的三言的，像：

〔尾〕斂上敲，個著鼻梁，難為整理身軀仰，直倒在槐木酒桌上。
〔尾〕鴛侶分，連理劈，無端洪信和洪義，阻隔得鸞孤共鳳只。
〔尾〕把瓦𢤱，著手掇，道打脊匹夫莫要朵，遙望著洪義面上潑。

〔尾〕郭彥威，心膽怯，正北上有若雲搖拽，又一路賊兵到來也。

——以上《劉知遠諸宮調》

〔尾〕紙窗兒明，僧房兒雅，一碗松風啜罷，兩個傾心地便說知心話。

〔尾〕並頭兒眠，低聲兒說，夜靜也無人窺竊，有幽窗花影西樓月。

〔尾〕驢鞭半裊，吟肩雙聳，休問離愁輕重，向個馬兒上，駝也駝不動！

——以上《西廂記諸宮調》

像最後的紙窗兒明和驢鞭半裊二尾，其第一二句為四字，第三句為六字，實則仍是二句七言的變格。其有變化較甚的，像：

〔尾〕似梨花一枝帶春雨，如何見得月下悲啼皇后，便似泣竹底湘妃別了舜主？

〔尾〕我去也，我去也，總可去，知遠回故三娘，三娘覷丈夫，不悲慼，不心酸，兩人放聲哭。

——以上《劉知遠諸宮調》

〔尾〕待登臨又不快，閒行又悶，坐地又昏，沉睡不穩，只倚著個鮫綃枕頭兒盹。

〔尾〕不須騎戰馬，不須持寸鐵，不須對陣爭優劣，覷一覷，教半百賊兵化做硬血。

〔尾〕馬兒登程，坐車兒歸舍。馬兒往西行，坐車兒往東拽。兩口兒一步兒離得遠如一步也。

——以上《西廂記諸宮調》

若仔細的分別出正襯來，也仍是三句的七言的方式耳。

在《西廂記諸宮調》裡，除「尾」外尚有所謂「錯煞」、「三煞」等別名，其作用全與「尾聲」相同，唯其結構則大為不同：

〔錯煞〕我郎休怪強牽衣，問你西行幾日歸？著路里小心呵，且須在意，省可裡晚眠早起，冷茶飯莫吃，好將息，我倚著門兒專望你。

〔三煞〕等得夫人眼兒落，斜著涂老兒不住睃，是他家佯不偢人，都只被你個可憎姐姐，引得眼花心亂，悄似風魔。◯酒入愁腸醉顏酡，料自家沒分消他，想昨來枉了身心，初間喚做得為夫婦。誰知今日卻喚俺做哥哥！ 是俺失所算，謾摧挫，被這個積世的老婆婆瞞過我。

像「三煞」的一個方式是以三篇尾曲連用的，已大似元雜劇裡的：

三煞　二煞　煞尾

的常見的方式了。這些方式，當然與單純的三句七言之方式的「尾聲」是很不相同的。不過這只可算是一種例外；在《西廂記》的一百四十個「尾」之中，也僅只有三個這樣的例外而已。故我們可以大膽的斷言：諸宮調所用的尾聲，其方式是至為單純的。

八

諸宮調作者們的嶄新的嘗試——諸宮調的編組——偉大的成功——自然的進步——此新聲之被熱烈歡迎的原因

但為諸宮調的最大的光榮者，還不是什麼曲調的創作，套數的組合等等；諸宮調給予我們比製作若干歌調，創造若干大曲更遠為偉大的一個貢獻。諸宮調作家嘗試了從沒有人嘗試過的一個嶄新的弘偉無倫的詩體的製作；那便是所謂「諸宮調」者是。詞只是抒情的短曲，最長也不過是一百餘字；大曲進步了，卻也只是用十個八個同樣的曲調來反覆詠唱著一件故事的歌體；唱賺更進步了，她的作者懂得用同一宮調中的好幾個不同的曲調組成一個有引子有尾聲的套數來歌唱。但諸宮調作者的能力與創作欲卻更為弘偉，他竟取了若干套不同宮調的套數，連續起來歌詠一件故事。《西廂記諸宮調》所用的這樣不同宮調的套數，竟有一百九十三套（內二套是支曲）之多，《劉知遠諸宮調》雖為殘存少半的殘本，竟也存有不同宮調的套數八十套之多。這種偉大的創作的氣魄誠是前無故人的！由詞的小令到詞的慢近，由詞的慢近，到聯合約調歌曲若干支以歌詠一事的大曲，由大曲到聯合約宮調的若干支異曲以歌詠一事的唱賺，由唱賺到聯合若干套不同宮調的套數以歌詠一事的諸宮調，這是一條直線的進步！唯如上文所述，諸宮調中，採用唱賺的套數方式者尚不為多，最多的乃是「一曲一尾」的套數方式。初期的諸宮調，在這個進步的階段中，或是越過唱賺的一段而和詞與大曲直接發生著關係的罷。姑列為一表如下：

小令 → 慢詞 → 大曲 → 初期的諸宮調 → 後期的諸宮調

大曲 → 唱賺 → 後期的諸宮調

無論初期或後期的諸宮調，大致都是聯合不同宮調若干的曲套以詠唱一個故事的；這個嘗試，是絕為偉大的嶄新的一個嘗試；而這個新的嘗試竟得了空前的偉大的成功！

要知道諸宮調的嘗試的偉大成功，姑擷取下面的一節為例罷：

知遠別三娘太原投事弟二。

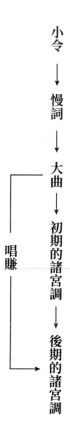

李洪義箚剝知遠身上衣服，與布衫布褌穿著了，使交看桃園去。潛龍不知是計。大郎黑處先等。

〔中呂調〕（牧羊關）

雲兒來往不寧貼，唯現出些小朧月。洪義心腸倒大來乖劣，專等著劉知遠。即漸裡更深也，隱約過二鼓，清風觸兩頰。向西北上一塔牆摧缺，陌然地見他豪杰跳過頹垣。怎恁地健捷？欲奔草房去。洪義生歡悅。這漢合是死，仇冤都報徹。

〔尾〕腦後無眼怎遮迭，李洪義到此恨心不捨，待一棒攔腰颩做兩截。

洪義致怒　　兩手搭得棒煙生，

假使石人　　著後應當也傷損。

攔腰棒中朵無因　　七尺身軀僕地倒。

〔仙呂調〕（醉落托）

洪義怒嗔，兩手內氣力使盡。其人倒臥，心由狠欲打身亡。聽得言語，唬了三魂。低頭扶起覷身份，朧月之下把臉兒認，元來不是那窮神，仔細端詳，卻是李洪信！洪義且驚且哭，洪信且疼且忍。小弟恐兄落窮神之手，故來覷你。始信道天網恢恢，疏而不漏。須臾，見知遠與數人相從帶酒而來。被洪義扯住。最近亡卻丈人丈母，爾怎敢飲酒！眾村人言：俺與收淚。二人終是不休。至天曉，用繩索綁定，欲要入官。

〔黃鐘宮〕（雙聲疊韻）

李洪信，李洪義綁定潛龍帝，一布地高叫起，只是無休底。自入舍做女婿，覷憧咱似兒戲，使著後道東說西暢傲氣，交他去桃園內吃得醺醺醉，俺憧著他到惡，便把人毆擊。願叔叔鑑是非。那三翁聽說訖，叱喝道，畜生潓悄地！

〔尾〕往日與他有讎隙，只冤他知遠無禮，你兩個也不是平善底！三翁曰：若您弟兄送他，我卻官中共您理會。兼自傍人勸免，已此洪義方休。後經數日，弟兄定計，交劉郎草房內睡，怕今夜乳牛生犢。三娘也不知道。知遠不宜到夜深，草房中長嘆。

〔南呂調〕（應天長）

知遠早悶瘦心緒，但淚流如雨，□覆地又長吁。（原文此處為「□」）暗思量高祖本是豪家，奈散失財物，分離了兄弟母。天指引到來此處，丈人相見便神和，招入舍，好抬舉。〇妻與我如水似魚，不曾惡一個親故。奈哀哉不幸兩口兒亡歿！洪義和洪信協冤恨，把人凌辱。三翁常見後免得災隅。須有日中他機謀。

〔尾〕戀有三娘，欲去不能去。待往後如何受辛苦！這煩惱渾如孝經序。

據三娘恩愛，盡老永不分離；

想二子冤讎，目下便待折散。

交人去住無門，這煩惱何時受徹！到夜深，潛龍困睡。李洪義門外聽沉，發起毒心，安排下手。

〔般涉調〕（麻婆子）

洪義自約末天色二更過，皓月如秋水，款款地進兩腳，調下個折針也聞聲。牛欄兒傍裡遂小坐，側耳聽沉久，心中暢歡樂。〇記得村酒務，將人恁剉；入舍為女婿，俺爺爺護向著；到此殘生看怎脫：熟睡鼻氣似雷作，去了俺眼中釘，從今後好快活！

〔尾〕團苞用，草苫著，欲要燒燬全小可，堵定個門兒放著火。

論匹夫心腸狠，龐涓不是毒；說這漢意乖訛，黃巢真佛行！哀哉未遇官家，性命亡於火內。

〔商角〕〔定風波〕

熟睡不省悟，鼻氣若山前哮吼猛虎。三娘又怎知與兒夫何日相遇，不是假也非干是夢裡，索命歸泉路。◯當此李洪義遂側耳聽沉，兩回三度，知遠怎逃命。早點火燒著草屋。陌聽得一聲響，詎匹夫急抬頭覷。

〔尾〕星移斗轉近三鼓，怎顯得官家福分，沒雲霧平白下雨。苦辛如光武之勞，脫難以晉王之聖。雨濕火煞，知遠驚覺。方知洪義所為，亦不敢伸訴。至次日，知遠引牛驢拽拖車三教廟左右做生活。到日午，暫於廟中困歇熟睡。須臾，眾村老攜笻避暑。其中有三翁。

〔般涉調〕〔沁園春〕

拴了牛驢，不問拖車，上得廟階，為終朝每日多辛苦，撲番身起權時歇。◯侍傍裡三翁守定知遠，兩個眉頭不展開，堪傷處便是荊山美玉，泥土裡沉埋。◯老兒正是哀哉，忽聽得長空發哄雷聲，驚天霹靂，眼前電閃，唬人魂魄幽幽不在，陌地觀占，抬頭仰視，這雨多應必煞乖，傷苗稼，荒荒是處，饑饉民災。

〔尾〕行雨底龍必將鬼使差，布一天黑暗雲靄靄，分明是拚著四坐海。

電光閃灼走金蛇，霹靂喧轟撾鐵鼓，風勢揭天，急雨如注，牛驢驚跳，拽斷麻繩，走得不知所在。三翁喚覺知遠，急趕牛驢，走得不見。至天晚，不敢歸莊。

〔高平調〕〔賀新郎〕

知遠聽得道，好驚荒，別了三翁，急出祠堂。不故泥汙了牛皮䩺，且向泊中尋訪。一路里作念千場，那兩個花驢養著牛，繩綁我在桑樹上，少後敢打五十棒！方今遭五代，值殘唐，萬姓失途，黎庶憂惶，豪杰顯赫英雄旺，發跡男兒氣剛。太原府文面做射糧，欲待去，卻徊徨。非無決斷，莫怪頻來往，不是，難割捨李三娘！見得天晚，不敢歸莊。意欲私走太原投事，奈三娘情重，不能棄捨。於明月之下，走住無門，時時嘆息。

〔道宮〕〔解紅〕

鼓掌笥指，那知遠目下長吁氣。獨言獨語，怎免這場拳踢。沒事尚自生事，把人尋不是，更何況今日將牛畜都盡失。若還到莊說甚底！怕見他洪信與洪義。勸人家少年諸子弟，願生生世世休假女婿。妻父妻母在生時，我百事做人且較容易。自從他化去，欺負殺俺夫妻兩個凡女。鳩著嘴兒廝羅執滅良，削薄得人來怎敢喘氣！道男，長貧沒富多不易，酸寒嘴斂只合乞，百般言語難能吃，這解材料怎地發跡！

〔尾〕大男小女滿莊裡，與我一個外名難揩洗，都受人喚我做劉窮鬼。

天道二更已後，潛身私入莊中，來別三娘。

還未敘寫到劉知遠別李三娘的正題呢，已經是耗費了那許多套的曲文了。那末精細深切的描寫，那末綿連宛曲的記述，真不是北宋時代諸大曲作家所能夢見得到的！自然更不是他們所能措手去製作的了！始創諸宮調的偉人孔三傳氏的著作，不知較此為何如。若果也像《劉知遠諸宮調》這樣的風格弘偉，則也竟是北宋時代的無可比肩的偉大的傑著了。王灼說他著作「諸宮調古傳，為士大夫所傳誦」，則也必有其不可磨滅的價值存在。可惜那些初期的諸宮調，如今是一本也見不到的了！

我們懸想在當時聽厭了十次八次以上重疊的、反覆的歌唱著的舞曲、敘事曲的群眾，他們是渴盼著有一種新的變異發生的。諸宮調的作者應運而生，以其絕群的天才，廣博的音樂的造詣，任意布置了各種不同的曲調，以為己用，當這新聲初次做場之時，必定是曾博得無量數人的歡喜讚賞的。雖然他是坐而說唱，並非扮演歌舞，然已使聽者為之低徊不忍他去的了。諸宮調之創始，雖在熙祐之間，而其影響在很少的時間之內，即便普遍於南北者，未始非此之故。

九

諸宮調的說唱——一人的念唱——夏夜的愉樂——《張協狀元戲文》所附的諸宮調——《筆談》的謬說

諸宮調是說唱的東西，和「變文」及流行於宋代的「話本」的說唱是同樣的情形。毛奇齡說：

金章宗朝董解元不知何人，實作《西廂搊彈詞》，則有白有曲，專以藝人搊彈，並念唱之。

——《西河詞話》（《毛西河全集》本）

這情形大有似於今日的說唱「彈詞」。南方的夏月，天空是藍得像剛從染缸中拖出來的藍布，有幾粒星在上面眨著他們的小眼，還有一二抹的輕紗似的微雲在恬靜的懶散的躺著。銀河是唯一的有生氣的走動的東西，在這一切都靜默不動的空氣之中。隨了黑夜的來臨而同到的是若有若無的涼颸。白日的煩躁已經被洗滌得乾淨。女人們廚房裡最後的工作已經完畢了。街頭巷尾的廣場上，有一個高出膝蓋頭的板臺，臺上是一桌一椅，一茶壺一茶杯，一個盲目的說唱者，執著三弦或鼓板，在叮叮咚咚的做場。臺下是一排一排的板凳，坐著那條街上各宅裡出來的婦孺。除了說唱者的說話聲歌唱聲與三弦聲外，靜悄悄的彷彿沒有其他人在。各人的臉色在黑暗中辨不清楚，但就其身形，各知其為某嫂某嬸。只有小小的火點，間時的閃出紅光，那是從某某婆的水煙袋口上放射出來的。孩子們倚靠在母親或祖母，或奶娘的懷裡，默默的一聲不作。方卿、楊延昭、羅通諸民間熟知的英雄們便這樣的一一出現於童年的回憶之中。一部彈詞，連續的要講到一個夏天。婦孺們天天到場，缺席幾乎是例外。這童年的愉樂，是任怎樣的也不會忘了的。七八百年前諸宮調的說唱或有類於這樣的情形罷。

就石君寶的《諸宮調風月紫雲亭》一劇所寫的說唱諸宮調的情形看來，那是更有類於今日流行於北方落子館裡的大鼓書的歌唱似的。元人戲文《張協狀元》的開端，有一段由「末」說唱的諸宮調：

（末白）〔水調歌頭〕韶華催白髮，光景改朱容。人生浮世，渾如萍梗逐東西。陌上爭紅門紫，窗外鶯啼燕語，花落滿庭空。世態只如此，何用苦匆匆。但我們，雖宦裔，總皆通，彈絲品竹，那堪詠月與嘲風。苦會插科使砌，何吝搽灰抹土，歌笑滿堂中，一似長江千尺浪，別是一家風。（再白）暫息喧譁，略停笑語，試看別樣門庭，教場格範，緋綠可同聲。酬醉詞源渾砌，聽談論四座皆驚。渾不比乍生後學，謾自逞虛名。《狀元張葉傳》前回曾演，汝輩搬成。這番書會，要奪魁名。占斷東甌盛事，諸宮調，唱出來因厮羅響。賢門雅靜，仔細說教聽。（唱）〔鳳時春〕張葉詩書遍歷，因故鄉功名未遂。欲占春圍登科舉，暫別爹娘獨自離鄉里。（白）看的世上萬般俱下品，思量唯有讀書高。若論張葉，家住西川城都府，兀誰不識此人！兀誰不敬重此人！真個此人朝經暮史，晝覽夜習，口不絕吟，手不停披。正是：煉藥爐中無宿火，讀書窗下有殘燈。忽一日堂前啟覆爹媽：今年大比之年，你兒欲待上朝應舉，覓些盤費之資，前路支用。爹媽不聽這句話，萬事俱休，才聽此一句話，托地兩行淚下。孩兒道：十載學成文武藝，今年貨與帝王家。欲改換門閭，報答雙親，何須下淚。（唱）〔小重山〕前時一夢斷人腸，教我暗思量。平日不曾為宦旅，憂患怎生當。（白）孩兒覆爹媽，自古道一更思，二更想，三更是夢。大凡情性不拘，夢幻非實。大底死生由命，富貴在天。何苦憂慮！爹娘見兒苦苦要去，不免與他數兩金銀以作盤纏。再三叮囑孩兒道：未晚先投宿，雞鳴始過關。逢橋須下馬，有渡莫爭先。孩兒領爹娘慈旨，目即離去。（唱）〔浪淘沙〕迤邐離鄉關，回首望家，白雲直下，把淚偷彈。極目荒郊無旅店，只聽得流水潺潺。（白）話休絮煩。那一日正行之次，自覺心兒裡悶。在家春不知耕，秋不知收，真個嬌奶奶也。每日詩書為伴侶，筆硯作生涯。在路平地尚可，那堪頓著一座高山，名做五磯山。怎見得山高？巍巍侵碧漢，望望入青天。鴻鵠飛不過，猿狖怕扳緣。稜稜層層，奈人行鳥道，齁齁，為藤柱須尖。人皆平地上，我獨出雲登。雖然未赴瑤池宴，也教人道散神仙。野猿啼子，遠聞咽咽嗚嗚，落葉辭柯，近睹得撲撲簌簌。前無旅店，後無人家。（唱）〔犯思園〕刮地朔風柳絮飄，山高無旅店，景蕭條。稜跧何處過今宵？思量只恁地路迢遙。（白）道猶未了，只見怪風淅淅，蘆葉飄飄，野鳥驚呼，山猿爭叫。只見一個猛獸，金睛閃爍，猶如兩顆銅鈴，錦體斑斕，好若半園霞綺，一副牙如排利刃，十八爪密布鋼鉤，跳出林浪之中，直奔草徑之上。唬得張葉三魂不附體，七魄漸離身，僕然倒地。霎時間只聽得鞋履響，腳步鳴。張葉抬頭一看，不是猛獸，是個人。如何打扮？虎皮磕腦虎皮袍，兩眼光輝志氣號。使留下金珠饒你命，你還不肯不相饒。（末介。唱）〔繞地遊〕張葉拜啟，念是讀書輩，往長安擬欲應舉。些少裹足，路途裡，欲得支費，望周全，不須劫去。（白）強人不管它說，怒從心上起，惡向膽邊生。左手捽住張葉頭稍，右手扯住一把光霍霍冷搜搜鼠尾樣刀，翻過刀背去張葉左肋上劈，右肋上打。打得它大痛無聲。奪去查果金珠。那張葉性命如何？慈鴉共喜鵲同枝，吉凶事全然未保。似恁唱說諸宮調，何如把此話文敷演。後行腳色力齊鼓兒饒個攛掇，末泥色饒個踏場。

這已很明白的指示出諸宮調的說唱的情形。但到了元代的末葉，諸宮調是否仍在說唱卻是一個疑問。《錄鬼簿》（卷下）有一段記載：

胡正臣，杭州人，與志甫、存甫及諸公交遊。董解元《西廂記》自「吾皇德化」至於終篇，悉能歌之。

既誇說胡正臣的能歌董解元《西廂記》終篇，則可見當時能歌之者的不多。當公元一三三〇年，即《錄鬼簿》編著的那一年，諸宮調在實際上的說唱的運命，或已經停止了罷。

明代有無說唱諸宮調的風氣，記載上不可考知。唯焦循《劇說》（卷二）曾引張元長《筆談》的一段很可怪的話：

董解元《西廂記》曾見之盧兵部許。一人援弦，數十人合座，分諸色目而遞歌之，謂之磨唱。盧氏盛歌舞，然一見後無繼者。趙長白雲「一人自唱」，非也。

據張氏的所見，則董解元《西廂記》乃是一人援弦而多人遞歌之的了；易言之，諸宮調的說唱乃非一人的事業，而為數十人的合力的了。但他這話極不可靠。在明代，諸宮調既已無人能解，則盧兵部偶發豪興，「自我作古」，創作出什麼「一人援弦，數十人合座，分諸色目而遞歌之」的式樣來，那也是很有可能的事。唯諸宮調的本來的說唱面目則全非如此耳。在一種文體久已失傳了之後，具有熱忱復古的人們，如果真要企圖恢復「古狀」的話，往往會鬧出這樣的笑話來的。

十

最有趣的結構—緊要關頭的故作驚人的筆調—《董西廂》的例證—《劉知遠》的例證—實際上的應用

在諸宮調的結構裡，最有趣的一點是，作者於緊要關頭，每喜故作驚人的筆調，像這一類的驚人的敘述，《西廂記諸宮調》裡最為常見：

〔尾〕二歌（哥）不合盡說與，開口道不夠十句，把張君瑞送得來醃受氣。被幾句雜說閒言，送一段風流煩惱。道甚的來？道甚的來？

這是店小二指教張君瑞到蒲東普救寺去遊玩的一節事；這樣的一引，全部崔、張故事，皆引出來了，故須如此的慎重其事的敘說著。

〔大石調〕〔伊州滾〕張生見了，五魂俏無主。道不曾見恁好女！普天之下，更選兩個應無。膽狂心醉，使作得不顧危亡便胡做。一向痴迷，不道其間是誰住處。忒昏沈，忒粗魯，沒掂三，沒思慮，可來慕古。少年做事，大抵多失心粗。手撩衣袂，大踏步走至根前欲推戶。腦背後個人來，你試尋思怎照顧？

〔尾〕凜凜地身材七尺五，一隻手把秀才捽住，吃搭搭地拖將柳蔭裡去。真所謂貪趁眼前人，不防身後患。捽住張生的，是誰？是誰？

這是寫張生見了鶯鶯，便欲隨鶯鶯入門，不料為一人從背後拖住了。這人是誰呢？這正是一個緊要的關頭，不能不寫得如此骨突的。又在張生百無聊賴的，與長老在啜茶閒話時：

〔尾〕傾心地正說到投機處，聽啞的門開。瞬目覷是個女孩兒，深深道地萬福。

這又是一個很突然的情景的轉變。在正與老僧閒話的時候，忽然的聽見啞的門開，見有一個女孩兒走了進來。底下便有無窮的事可以接著敘來的了。

又在後半部，敘鄭恆正迫著鶯鶯嫁他的時候，他說了許多的話，但忽然的又生了一個大變動，全出於意想之外：

〔尾〕言未訖，簾前忽聽得人應喏，傳道鄭衙內且休胡說，兀的門外張郎來也。鄭恆手足無所措，珙已至簾前。

總要在山窮水盡的當兒，方才用幾句話一轉，便又柳暗花明似的現出別一個天地來。這當然是作者有意的買弄他的伎倆之處。但張珙雖回，鶯鶯卻已是許了鄭恆。鶯鶯心裡異常的難過，她特地去見張生。

〔渠神令〕……許了姑舅做親，擇下吉日良時。誰知今日見伊，尚兀子鰥居獨自，又沒個婦兒妻子！心上有如刀刺，假如活得又何為，枉惹萬人嗤！

鶯解裙帶擲於梁。

當一處。〔尾〕譬如往日害相思，爭如今夜懸梁自盡，也勝他時憔悴死！珙曰：生不同偕，死

他便也把皂絛兒搭在梁間，豫備雙雙自吊。在這個危急存亡的當兒，有誰來解救呢？作者便迫法聰和尚說出「偕逃」之策來，用以變更了這個不能不情死的局面。

這些都是作者故弄驚人的手腕之處。像這樣驚人的關節，《西廂記諸宮調》裡，幾乎到處皆然。在鶯鶯與張生唱和著詩時，張生正欲大踏步走到鶯鶯跟前，卻被一人高聲喝道：「怎敢戲弄人家宅眷！」這來的是誰？來的是誰？在鶯鶯被圍普救寺，正欲跳階自殺，卻見到有一人拍手大笑。眾人皆覷笑者是誰？是誰？在張生絕望自殺，已把皂絛繫在梁間時，又有一人從後把他拖住，這人是誰？是誰？……

像這樣的筆調是舉之不盡的。《劉知遠諸宮調》也是這樣的：每在一個緊要的關目，即在每一個節目的終了處，便都有一種令人聽了不知究竟而又不能不聽下去的待續的口調。

在《知遠走慕家莊沙陀村入舍第一》之末，正敘著知遠自丈人丈母死後，被李洪義、

洪信二人欺壓不堪。有一天洪義叫了知遠去，說是「你身上穿著羅綺，不種田，不使牛，莊家裡怎放得住你」，說著，便「手持定荒桑棒，展臂一手捽定劉知遠衣服」。以下的事怎樣呢？這便要「且聽下回分解」了。

在《知遠探三娘與洪義廝打第十一》之末，正敘著知遠被李洪義、洪信諸人圍住了廝打，不得脫身時，忽然來了兩個「殺人魔君」，舉起扁擔，闖入圍中來，幫助知遠。這場廝殺的結果如何呢？這又要聽後文的鋪敘的了。

不僅在大關目處是如此，即在本文的中間，也往往故意要弄這些驚人的筆法。在李翁正欲將三娘嫁給知遠，說是只怕洪信兄弟生脾鱉時，恰來了一人向前訴說，道是：「大哥二哥來到也。」在李洪義等在暗地裡，欲害知遠時，見一個大漢越牆而過，他便一棒攔腰打去，其人倒臥，方欲再下毒手時，不料其人說了一話，卻把洪義唬走了三魂。原來打倒的卻不是知遠！在李三娘進房取物時，知遠在窗外見她把頭髮披開在砧子上，舉斧砍下。唬殺了劉郎，要救也來不及！在知遠娶了岳司公女正在歡宴時，忽有兩個莊漢，從沙陀李家莊來，說是要找知遠說話！……像這些都頗可使我們注意。我們要明白，「欲知後事如何，且聽下回分解」的散場的交待，果然是使諸宮調的作者們喜用這種要等「下文交待」的筆法的重要原因，但並不是唯一的原因。為了要說唱的增加姿態，為了要講述的加重語勢，這種的故意驚人的文筆，也有時時使用的必要。聽眾於此或特感興趣罷。諸宮調為了是實際上的說唱的東西，故往往要盡量的採用著這種筆調，以避免單調的平鋪直敘的說唱。在實際的講壇上，平鋪直敘是最易令聽眾厭疲的。諸宮調作者們於此或有特殊的經驗罷。

十一

董解元的《西廂記諸宮調》—董解元的生平—董王優劣論的一斑—董作的真實的偉大所在—董作的版本—與《會真記》的對勘—所增添的是什麼—其來歷為何

前期的諸宮調，孔三傳諸人之所作者，今已不可得見。今所見的《劉知遠諸宮調》、《西廂記諸宮調》等作，如上所述，已滲透入不少南宋的唱賺的成分在內，顯然都是後期之作。茲先就見存的幾種，加以敘述。次更將諸種載籍中所著錄的或所提到的各諸宮調名目，一一加以討論。

《西廂記諸宮調》，董解元作。明時傳本至罕，故時人往往與王實甫《西廂記雜劇》相混。徐文長評本《北西廂記》（有萬曆間原刊本，有明末翻刊本。本文著者並得有此二本）卷首題記云：

齋本乃從董解元之原稿，無一字差訛。余購得兩冊，都偷竊。今此本絕少。惜哉！本謂崔張劇是王實甫撰，而《輟耕錄》乃曰董解元。陶宗儀元人也，宜信之。然董又有別本《西廂》，乃彈唱詞也，非打本。豈陶亦從以彈唱為打本也耶？不然董何有二本？附記以俟知者。

是徐文長曾經見過《董西廂》的。不過他誤解了陶宗儀的話，故有此疑。陶氏的原文是：

金章宗時董解元所編《西廂記》，世代未遠，尚罕有人能解之者；況今雜劇中曲調之冗乎？

——《輟耕錄》（有元刊本，明初黑口本，明萬曆間刊本。近上海有鉛印本，但不可靠。）「雜劇曲名」條他的意思，只是慨嘆於《董西廂》世代未遠，已鮮人能解，並沒有說董解元所編的《西廂記》是雜劇。到了明萬曆以後，《西廂記諸宮調》方才盛行於世。今所見的，至少有下列的幾種版本：

一	黃嘉惠刻本	萬曆間	二卷
二	屠赤水刻本	萬曆間	二卷
三	湯玉茗評本	萬曆間	二卷（？）
四	閔齊伋刊朱墨本	天啟崇禎間	四卷
五	閔遇五刊西廂六幻本	崇禎間	二卷
六	暖紅室刊本（即據閔齊伋翻刻）		四卷

此外，尚有今時坊間之鉛印本一二種，妄施改削，不足據。故不計入。

董解元的生世不可考。關漢卿所著雜劇有《董解元醉走柳絲亭》一本（今佚），說的便是他的事罷。陶宗儀說他是金章宗（公元一一九〇至一二〇八年）時人。鍾嗣成的《錄鬼簿》列他於「前輩已死名公，有樂府行於世者」之首，並於下註明：「金章宗時人，以其創始，故列諸首。」涵虛子的《太和正音譜》也說他「仕於金，始制北曲」。《毛西河詞話》則謂他為金章宗學士。大約董氏的生年，在金章宗時代的左右，是無可致疑的。但他是否仕金，是否曾為「學士」，則是我們所不能知道的。他大約總是一位像孔三傳、袁本道似的人物，以製作並說唱諸宮調為生涯的。《太和正音譜》說他「仕於金」，恐怕是由《錄鬼簿》「金章宗時人」數字，附會而來的。而毛西河的「為金章宗學士」云云，則更是曲解「解元」二字與附會「仕於金」三字而生出來的解釋了。「解元」二字，在金元之間用得很濫，並不像明人之必以中舉首者為「解元」。故《西廂記》劇裡，屢稱張生為張解元；關漢卿也被人稱為「關解元」。當時之稱人為「解元」，蓋為對讀書人之通稱或尊稱，猶今之稱人為「先生」，或宋時之稱說書者為某「書生」，某「進士」，某「貢士」（見《武林舊事》卷六諸色伎藝人條下「演史」一目裡，在同一目裡，並有張解元一名，可見宋時已有「解元」之稱。）未必被稱者的來歷，便真實的是「解元」、「進士」等等。

《西廂記諸宮調》的文辭，凡見之者沒有一個不極口的讚賞。明胡應麟《少室山房筆叢》說：

《西廂記》雖出唐人《鶯鶯傳》，實本金董解元。董曲今尚行世，精工巧麗，備極才情，而字字本色，言言古意，當是古今傳奇鼻祖。金人一代文獻盡此矣。

黃嘉惠本引云：「解元史失其名，時論其品，如朱汗碧蹄，神采駿逸。」（況周頤的《蕙風詞話》卷三云：「金董解元《西廂記》，搊彈詞傳奇也。時論其品，如朱汗碧蹄，神采駿逸。董有《哨遍》詞云：『太皞司春，春工著意……韶華早暗中歸去。』此詞連情發藻，妥帖易施，體格於樂章為近。……董為北曲初祖，而其所為詞，於屯田有流瀣之合。曲由詞出，淵源斯在。董詞僅見《花草粹編》，它書概未之載，《粹編》之所以可貴，以其多載昔賢不經見之作也。」不知「太皞司春」的一支《哨遍》，正在董氏《西廂記諸宮調》的開卷。況氏目未睹《董西廂》，故有這一大片議論。）

清焦循《易餘籥錄》則更以董曲與王實甫《西廂》相比較，而盡量的抑王揚董：

王實甫《西廂記》，全藍本於董解元。談者未見董書，遂極口稱道實甫耳。如《長亭送別》一折，董解元云：「莫道男兒心如鐵，君不見滿川紅葉，盡是離人眼中血。」

實甫則雲：「曉來誰染霜林醉，總是離人淚。」淚與霜林，不及血字之貫矣。又董云：「且休上馬，苦無多淚與君垂。此際情緒你爭知！」王云：「閣淚汪汪不敢垂，恐怕人知。」……兩相參玩，王之遜董遠矣。若董之寫景語，有云：「聽塞鴻啞啞的飛過暮雲重。」有云：「回首孤城，依約青山擁。」……前人比王實甫為詞曲中思王、太白。實甫何敢當，當用以擬董解元。

吳蘭修在他的《校本西廂記》劇（吳氏《桐花閣校本西廂記》有清道光間刊本）的卷首說道：「此記即王實甫所本。有青出於藍之嘆。然其佳者，實甫莫能過之。漢卿以下無論矣。余尤愛其『愁何似?似一川菸草黃梅雨』二語。乃南唐人絕妙好詞。王元美《曲藻》竟不之及。何也?」邵詠（邵詠他的話也見於《桐花閣校本西廂記》的卷首）在將董本與其王本對讀之後也道：「覺元本字字參活，天然妙相。惜其妍媸互見，不及實甫竟體芳蘭耳。」他們雖沒有焦循那麼沒口的歌頌，卻也給《董西廂》以很同情的批評。大約讀過董作的人，至少也總要是為其妍新俊逸的辭采所沉醉的。

但董作的偉大，並不在區區的文辭的漂亮，其布局的弘偉，抒寫的豪放，差不多都可以說是「已臻化境」。這是一部「盛水不漏」的完美的敘事歌曲，需要異常偉大的天才與苦作以完成之的。我們只要看他：把不到二千餘字的《會真記》，把不到十頁的《蝶戀花》鼓子詞，放大到那麼弘偉的一部諸宮調，便可想像得到，董氏的著作力的富健，誠是古今來所少有的。我們的文學史裡，很少偉大的敘事詩。唐五代的諸變文，是絕代的創作，宋、金間的各諸宮調，也是足以一雪我們不會寫偉大的「史詩」或「敘事詩」之恥的。諸宮調今傳者絕少。《劉知遠諸宮調》僅傳殘帙，《天寶遺事諸宮調》，今始集其餘骸；則諸宮調之完整的一部書，僅此《西廂記諸宮調》耳。對於這樣的一部絕代的偉著，我們是抱著「讚嘆」以上的情懷以敘述著的。

崔、張的故事，發端於唐元稹的《會真記》；宋趙德麟的《商調蝶戀花》鼓子詞，亦敘崔、張事，但對於微之所述，無所闡發，其散文部分，且全襲微之《會真記》本文。真實的一部使崔、張的故事大改舊觀的卻是這部《西廂記諸宮調》。自從有了此作，崔、張的故事，便永遠脫離了《會真記》，而攀附上董解元的此編的了。董作是崔、張故事的改弦重張的張本，卻也便是崔、張故事的最後的定本。以後王實甫、李日華、陸天池諸人的所作，小小的所在雖間有更張，大關鍵卻是無法變動的了。董解元的弘偉的想像，竟如朝暾的東昇似的，把萬象都籠蓋在他的光亮之下。

我們且看他是如何的把崔、張故事放大，更張的。

董作的諸明刊本，有二卷、四卷之分。二卷本如黃嘉惠、閔遇五諸刻，第二卷皆始於張生對紅娘訴說自己彈琴的本領的「文如錦」一曲。四卷本，如閔齊伋刻本，其第二卷始於張生鬧道場，首曲為《商調定風波》。第三卷也始於「文如錦」（與二卷本的第二卷的開始同）。其第四卷則開始於鶯鶯送別張生，首曲為《大石調玉翼蟬》。但這些二卷或四卷的分帙，與原書或未必相符。原書當是像《劉知遠諸宮調》般的分別為第一第二乃至第十餘「則」，而每「則」也像《劉知遠》或《雍熙樂府》所載《天寶遺事諸宮調》般的各有「題目」的罷。這裡姑依現在流行的四卷本，將它與元氏的《會真記》作一個對勘：

《會真記》

唐貞元中，張生遊於蒲，寓於蒲東普救寺。有崔氏孀婦，路出於蒲，亦止茲寺。崔與張有親，乃異派之從母。

《西廂記諸宮調》

貞元十七年二月，張珙至蒲州，尋旅舍安止。有一天，遊蒲東普救寺，見寄居於寺中的崔相國女鶯鶯，𢙣欲追隨其後，闖入宅中，為寺僧法聰從後拖住，責其不可造次。

張生因此決也移寓於寺中之西廂。是夜，月明如晝，生行近鶯庭，口占二十字小詩一首。不料鶯鶯在庭間也依韻和生一詩。

生聞之驚喜。便大踏步走至跟前。被紅娘來喚鶯鶯歸寢而散。自此以後，張生渾忘一切，日夜把鶯鶯在念。但千方百計，無由得見意中人。夜間，生與長老法本談禪。紅娘來向長老說，明日相國夫人待做清醮。法本令執事準備。生亦備錢五千，為其亡父尚書作分功德。長老諾之。

第二天，生來看做醮，見一位六旬的老婆娘，領著歡郎及鶯鶯來上香。鶯鶯一來，僧俗皆為其絕代的容光所攝，無不情神顛倒。直到第二天的日將出，道場方罷。

——以上第一卷終（據四卷本）

《會真記》

是歲，渾瑊死，中人丁文雅不善於軍。軍人因喪而擾，大掠蒲人。崔氏家財甚厚，惶駭不知所托。幸張生與蒲將之黨有善，請吏護之。遂不及於難。十餘日，廉使杜確統戎節，軍由是戢。

《西廂記諸宮調》

崔夫人和鶯鶯歸去。眾僧正在收拾鋪陳來的什物，見一小僧荒速走來，氣喘不定，口稱禍事。眾僧大驚。原來，唐蒲關乃屯軍之處。是年渾瑊死，丁文雅不善治軍。其將孫飛虎半萬兵叛，劫掠蒲中。叛兵過寺，欲求一飯，僧眾商議，主迎主拒者不一。或以為有崔相國的夫人及女寄住於此，迎賊實為不便。法聰也力主拒之，聰本陝右蕃部之後，少好弓劍，武而有勇，遂鼓動僧眾，得三百人，出與飛虎為敵。聰勇猛異常，賊眾不能敵。但聰見賊眾難勝，便沖出重圍而去。三百僧眾，被賊兵殺死甚眾。飛虎捉住走不脫的和尚，問其何故拒敵。和尚說是為了鶯鶯之故。飛虎便圍了寺，指名要索鶯鶯。

崔氏一門大震，飲泣無計。鶯鶯欲自殺以免辱。卻有人在眾中大笑。笑者誰？蓋張生也。生自言有退兵之計。夫人許以繼子為親。生便取出其所作致白馬將軍一信，讀給眾聽。夫人謂：白馬將軍去此數十里，如何趕得及來救援。生說，適於法聰出戰之時，已持此書給白馬將軍了。夫人聞言，始覺寬心。

不久，果然看見一彪人馬飛馳而來。賊眾出不意，皆大驚投降。白馬將軍遂斬了孫飛虎，赦其餘眾，入寺與張生敘話而別。

《會真記》

鄭厚張之德甚，因宴張於中堂。命子歡郎及女鶯鶯出拜，鶯辭而後出，顏色豔異，光輝動人。張自是惑之。崔之婢曰紅娘。生私為之禮者數四，乘間遂道其衷。婢驚奔。

《西廂記諸宮調》

賊兵退後，生托法本到夫人處提親。夫人說，方備蔬食，當與生面議。第二天，夫人差紅娘來請生赴宴。生以為事必可諧。不料夫人命歡郎、鶯鶯皆以兄禮見生。生已失望。夫人最後乃說起相國在日，已將鶯鶯許配鄭恆事。生遂辭以醉，不終席而退。紅娘送之回室。生贈以金釵，紅娘不受奔去。

異日，紅娘復至，致夫人的謝意，生説，今當西歸，與夫人訣絕了。便在收拾琴劍書囊。紅娘見了琴，忽有觸於中，説道，鶯鶯喜聽琴，若果以琴動之，或當有成。生喜而笑，遂不成行。

（據四卷本。但據二卷本，則此處為其第一卷的結束。）

——以上第二卷終

夜間，月色皓空，張生橫琴於膝，奏風求凰之操。鶯鶯偕紅娘逐琴聲來聽。聞之，大有所感，泣於窗外。生推琴而起，火急開門，抱定了一人，仔細一看，抱定的卻是紅娘，鶯鶯已去。

《會真記》

後張終於托紅娘致春詞二首於鶯。鶯復「待月西廂下」一詩。張大喜，遂於望夜踰牆至西廂。鶯至，端服嚴容，大數張。張自失，復踰而出。

《西廂記諸宮調》

　　那一夜，鶯鶯通宵無寐。紅娘以情告生。生托紅娘致詩一章於鶯。鶯見之大怒。隨筆寫於籤尾，令紅娘持去給生。紅娘戰恐的對生述鶯發怒事。但待得他讀了籤時，他卻大喜。原來寫的卻是約他夜間踰垣相會的詩。

　　生把不得到夜。月上時，生踰牆而過。鶯至，端服嚴容，大訴生一頓。生憤極而回。勉強睡下。方二更時，驀聽得隔窗有人喚門。乃鶯自至。正在訴情，噹噹的聽一聲蕭寺疏鐘，鶯又不見，方知是夢。

　　生自此行忘止，食忘飽，舉措顛倒。久之成疾。夫人令紅娘來視疾。生托他致意於鶯，要她破工夫略來看覷他。紅娘去不久，夫人、鶯鶯便同去看他。夫人命醫來看脈。他們既歸，無一人至。生念，所望不成，雖生何益。以絛懸棟，便欲自盡。驀一人走至拽住了他。乃紅娘送鶯的藥至。這藥是一詩，說她晚間將自至。生病頓癒。

《會真記》

張絕望數夕後，鶯忽自至。終夕無一言。自是，朝隱而出，暮隱而入，同安於西廂者兒一月。

《西廂記諸宮調》

那一夜。鶯果至。成就了他們倆的私戀。自是朝隱而出，暮隱而入，幾有半年。夫人生了疑，一夜急喚鶯。鶯倉惶而歸。夫人勘問紅娘。紅訴其情，併力主以鶯嫁生。夫人允之。

夫人令紅召生，說明許婚的事。但以鶯服未闋，未可成禮。生留下聘禮，說，今蒙文調，將赴省闈，姑待來年結婚。鶯聞之，愁怨之容動於色。自此不復見。數日後，生行。夫人及鶯送於道。經蒲西十里小亭置酒。

——以上第三卷終（據四卷本）

《會真記》

張之長安，不數月復遊於蒲，舍於崔氏又累月。張生俄以文調及期，又當西去。當去之夕，崔為張鼓琴。但不數聲，便投琴泣下，遂不復至。

《西廂記諸宮調》

生與鶯徘徊不忍離別。終於在太陽映著楓林的景色裡，勉強別去。生的離愁，是馬兒上駝也駝不動。

那一夜，生投宿於村店。殘月窺人，睡難成眠。他開門披衣，獨步月下。忽聽得女人聲道，快走罷。生見水橋的那邊，有兩個女郎映月而來。大驚以為怪。近來視之，乃鶯與紅，鶯說，她與紅娘乘夫人酒醉，追來同行。正在進舍歸寢，但見群犬吠門，火把照空，人聲籍籍。一人大呼道，渡河女子，必在此間。一個大漢，執著刀，蹤破門要來搜。生方待賺揣，卻撤然覺來。

《會真記》

明年，文戰不勝，止於京。因貽書於崔，以廣其意。崔緘報之。但張之志卻絕矣。

《西廂記諸宮調》

那邊，鶯鶯在蒲東，也淒淒惶惶的在念著張生。明年春，張生殿試以第三人及第。即命僕持詩歸報鶯。鶯正念生成疾，見詩大悅，夫人亦喜。

但自是至秋，查無一耗。鶯修書遣僕寄生，隨寄衣一襲，瑤琴一張，玉簪一枝，斑管一枝。生那時，以才授翰林學士，因病閒居，至秋未癒。為憶鶯鶯，愁腸萬結。及讀鶯書，感泣。便欲治裝歸娶。

《會真記》

後歲餘，崔已委身於人，張亦有所娶。適經其所居，求以外兄見。崔終不為出。以詩謝絕之。自此絕不復知。

《西廂記諸宮調》

生未及行，鄭相子恆。至蒲州，詣普救寺，欲伸前約。夫人說，鶯鶯已別許張珙。鄭恆說，張生登第後，已別娶衛尚書女。鶯聞之，悶極僕地，救之多時方甦。夫人陰許恆擇日成親。不料，這時，張生也到。夫人說，喜學士別繼良姻。但生力辨其無。夫人說，今鶯已從前約嫁鄭恆。生聞道撲然倒地。過了半晌，收身強起，傷自家來得較遲。又不欲與故相子爭一婦人。但欲一見鶯。鶯出默然。四目相視，內心皆痛。生坐止不安，遽然而起。法聰邀生於客舍，極力的勸慰他。但生思念前情，心中不快更甚。

聰說，足下倘得鶯，痛可已乎?便獻計欲殺夫人與鄭恆。正在這時，鶯、紅同至望生，他們各自準備下萬言千語。及至相逢，卻沒一句。鶯念及痛切處，便欲懸梁自縊，生亦欲同死。但為紅及聰所阻。

聰說，別有一計，可使鶯與生偕老；白馬將軍今授了蒲州太守，正可投奔他處。二更時，生遂攜鶯宵奔蒲州。白馬將軍允為生作主。鄭恆如爭，必斬其首。恆果來爭奪，將軍嚴斥之。恆羞憤，投階而死。這裡，張生、鶯鶯美滿團圓，還都上任。

——以上第四卷終（據四卷本。即二卷本的第二卷終。）

就上列者論之，董解元的這部書，較之元稹《會真記》本文，不同者有八點：第一，《會真記》說崔氏孀婦與張生有親，乃生之異派之從母，董書無之；第二，《會真記》敘張生的初見鶯鶯，在亂定後的宴席上，董書則著重於寫亂前張生與鶯鶯在寺中庭間的初會；第三，《會真記》說張生與蒲將之黨有舊，請吏護之，故崔氏不及於難，董書則說張生與杜確有舊，並發生許多對壘戰鬥的情景；第四，《會真記》敘張與鶯的相戀，並未提及崔氏夫人的覺察出來的事，董書則著重於崔夫人的不許婚及後來的發覺出來他們的相戀；第五，《會真記》說鶯鶯在與張臨別的前夜，為生奏琴，董書則說是張生在未成戀時以琴聲挑鶯；第六，《會真記》寫張生因文調及期，別鶯而西，董書則敘張、鶯相戀事，為崔夫人發現後，張乃別鶯而去；第七，《會真記》敘張、鶯的相絕，乃出於張生的自動，董書則敘張生的久未通問於鶯，係因他的臥疾；第八，《會真記》敘張、鶯各有所嫁娶後，張欲以外兄之禮見，但為鶯所拒，自此永絕，董書則敘鶯雖復與鄭恆定婚，但心實在張，見張後，二人便欲同死，後用法聰計，偕奔蒲州，始正式成了姻眷。

大約董解元的措置崔、張的故事，於可能的地方總要盡量的保全原來的故事的面目，只更加以放大，或加以細膩的描狀而已；但於原來故事的不甚合理，或說不通，或為一般人所萬不能瞭解處，便加以改削或增添。例如，張生的無故與鶯絕，卻發出了一片女色不可戀的大道理來，實在太不近人情，且太突然，萬非一般人所可領會，故董解元不得不將這一段加以改造。又最後的不團圓的結局，也當為時人所不喜，故董解元也勉強的，抬出一個法聰，又抬出一個白馬將軍來，為他們主持一切，強行彌補其不能團圓的缺憾。更為了要場面的熱鬧，為了求波瀾的起伏，董解元也引進了當時流行的熟套的串插，以期得到多數聽眾的一些興趣。究竟諸宮調是真實的大眾化的文藝的一種，離不開群眾的要求與趣味，故不得不如此。

最重要的串插，第一項便在描寫張、鶯初相會的情景。元人的《王煥百花亭》劇，《李亞仙詩酒麴江池》劇，《李素蘭風月玉壺春》劇等等，也都是如此的趨重於初會的描寫。可見這種初戀的情景乃是群眾所深喜的一幕。或者，這一幕的情景，恰好和印度大詩人 Kalidasa 的 Shakuntala 劇的首幕有異曲同工之妙。

第二項重要的串插，是孫飛虎與法聰和尚的鬥爭，以及那一場寺前的相殺的活劇。這增加了說唱的活氣與緊張不少。剛剛在描寫著少年少女的初戀而忽插入一場大排場的震人心肺的鬥殺與危急的圍困，當然是消除單調的最好的調濟。

第三項的串插，是老夫人的拒婚與阻難。這乃是董書中重要的關鍵。假如直截了當的許了婚，便無後文的許多聽琴、傳書等等的把戲可做了。每一個戀愛劇，都該有許多平地的風波，每一場男女的相戀，都便要來一場嚴父或老母或其他人物的間阻與作難，阻力愈多愈大，戀愛的熱力便愈增加。這大約是世間的一個常例吧。

這幾個串插的所以加入，確可以幫助崔、張的故事增加了不少的緊張、活氣與吸引力。

還有紅娘的著重，也是很可注意的。在《會真記》裡，紅娘頗為張生盡力，但成戀後，她便不見了。在董書裡，她卻是一個比鶯鶯更在場中活躍著的人物。

最後，張生的「琴挑」一幕，作者難免不是受了《會真記》裡鶯鶯的奏彈的事的影響；但與其這樣說，或者還不如說，他是更深的受著司馬相如、卓文君的故事的暗示的罷。蓋相如、文君的遇合，恰正有些像張、鶯的。

又，張生在夢中見到鶯鶯的來投奔，那情節也顯然是得之於唐人的《倩女離魂》的暗示的。

十二

無名氏的《劉知遠諸宮調》—此偉著的發見—獲得時的愉快—時代與產地的問題—殘存的五（則）的內容—與《五代史平話》的比勘—與二本《白兔記》的比勘—風格的渾樸

《劉知遠諸宮調》喧傳於世已久。約在十餘年前，日本人中便有俄國在柯智洛夫領導下的探險隊，在中國的西域發見宋版《劉知遠傳》的傳說。後來，確切的知道，是有這一部書的，已藏在俄國的列寧格勒學士院裡了。雖當時不知《劉知遠傳》究是怎樣性質的東西：是戲文呢？是小說呢？還是別的？但任怎樣說，這個發見的重要性是無可致疑的。蓋假如有一部宋版的《劉知遠傳》一類的東西發見，不管她是戲文，是小說，或是別的，其重要都是無可倫比的：比之一部已失的文人集子或經解一類的書的突然發見，不曉得更要驚人，更要重要得多少！

但許多年以來，始終沒有機會得讀《劉知遠傳》的原書，心裡老是悵悶的。彷彿這珍籍在夢寐裡都還縈迴於念中，放她不下，拋她不開。但有一個希望在：知道有一天總會與她見面的。

果然，有一天（離今已將一年了），郵差遞了一包書籍給我，打開來一看，是《劉知遠傳》！這使我驚喜不置！這時候，血液突然的急流起來。這時候的很刺激的喜悅，是畢生也難忘記了的。對於送給我這個意外喜悅的向覺明先生，當然也是永不會忘記的。

這《劉知遠傳》，乃是向覺明先生的手鈔本，特地為了我而鈔的。他還在卷首，題了一頁的「題記」：

述劉知遠事戲文殘本一冊，現存四十二葉，藏俄京研究院亞洲博物館。一九〇七年至一九〇八年，俄國柯智洛夫探險隊考察蒙古、青海，發掘張掖黑水故城，獲西夏文甚夥，古文湮沈，至是復顯。此劉知遠事戲文殘本四十二葉，即黑水故城所得諸古書之一也。柯氏所得有時次者，有乾祐二十年（南宋光宗紹熙元年，公元後一一九〇年）刊《觀彌勒上生兜率天經》，《金剛般若波羅密經大方廣佛華嚴普賢行願品》，二十一年刊骨勒茂材之《蕃漢合時掌中珠》，又有平陽姬氏刊歷代美女圖版畫：大都為十二世紀左右之物。此劉知遠事戲文當亦與之同時也。

以上是向先生文中的一段。他推測《劉知遠傳》當為十二世紀左右之物，這是對的，後來我在趙斐雲先生處，見到原書的影片，大有宋刻的規模。指為宋版云云，當不會是相差很遠的。何況乾祐二十年恰是金章宗的明昌元年。相傳做《西廂記諸宮調》的董解元是金章宗時人，則《劉知遠傳》的出於同一時代，大是一個可注意的消息。或竟是金版流入西夏的罷。

再者，就風格而言，也大是董解元同時的出產。其所用的曲調，更與董解元所用者絕多相同；其中有許多是元劇及元散曲所已成為「廣陵散」了的，例如：

醉落托　繡帶兒
戀香衾　整花冠
雙聲疊韻　解紅
枕屏兒　踏陣馬

等等皆是。這大約是很強的一個證據，除了版刻的式樣以外，證明她並不是元代或其後的著作。

但向先生稱她做「劉知遠事戲文」卻是錯了。就她的體裁上看來，絕對不是戲文，而是《西廂記諸宮調》的一個同類。有了《劉知遠諸宮調》的發見，《西廂記諸宮調》便是「我道不寡」的了。

在元石君寶的《諸宮調風月紫雲亭》劇裡有道：

我唱的是《三國志》先饒十大曲；俺娘便《五代史》續添八陽經。

又在董解元的《西廂記諸宮調》的開頭特地說明他自己那部諸宮調：

話兒不是樸刀桿棒，長槍大馬。

大約這部《劉知遠傳》便是《五代史諸宮調》裡的一個別枝，便是「樸刀桿棒」云云的話兒的一類作品罷。

《劉知遠諸宮調》的原本，大約是有十二「則」，今僅殘存：

知遠走慕家莊沙陀村入舍第一

知遠別三娘太原投事第二

知遠充軍三娘剪髮生少主第三（僅殘存二頁）

知遠投三娘與洪義廝打第十一

君臣弟兄子母夫婦團圓第十二

等五「則」；在這五則中也尚有少許的殘缺，那卻無關緊要。但最可怪的是：為什麼不缺佚了首尾，卻只缺失了第四到第十的七「則」？照常例，一部書的亡佚，如不全部失去，則便往往是亡失其前半或後半，很少是保存了首尾而反缺失了中間的一大部分，如《劉知遠諸宮調》般的。故我們頗懷疑，大概從俄京學士院攝來的底片，本不是完全的罷。為了圖省事，只是攝取了前半部與後半部，以為示例，這也是在意想中的事。我們頗想直接的再從俄京攝一個全份來。或者，原書竟是完全不缺的罷！不過，偶然的也有可能，原書竟是缺失其中部。我們看：宋版《大唐三藏取經記》（上虞羅氏印《吉石庵叢書》本）原是分著第一、第二、第三三卷的，今乃存第一的後半、第三的全部，而亡失其第二的全部。

《劉知遠諸宮調》全部故事如何進展，為了開頭的幾頁，並沒有像《西廂記諸宮調》或王伯成《天寶遺事諸宮調》那樣的具有「引」或「發端」，故我們無從曉得。《劉知遠諸宮調》的開頭，只是寫著道：

〔商調回戈樂〕悶向閒窗檢文典，曾披攬，把一十七代看，自古及今，都總有罹亂。共工當日征於不周，蚩尤播塵寰，湯伐桀，周武動兵，取了紂河山。◯併合吳越，七雄交戰，即漸興楚漢。到底高祖洪福果齊天，整整四百年間社稷。中腰有奸篡王莽立，昆陽一陣，光武盡除剪。◯末後三分，舉戈鋌，不暫停閒。最傷感，兩晉，陳隋，長是有狼煙。大唐二十一朝帝主，僖宗聽讒言，朝失政。後興五代，饑饉煞艱難。

〔尾〕自從一個黃巢反，荒荒地五十餘年，交天下黎民受塗炭。如何見得五代史罹亂相持？古賢有詩云：

自從大駕去奔西，貴落深坑賤出泥。
邑封盡封元亮牧，郡君卻作庶人妻。
扶犁黑手番成笏，食肉朱唇強吃齏。
只有一般憑不得，南山依舊與雲齊。

底下接著便開始敘述劉知遠故事的本文了：

〔正宮應天長纏令〕自從罹亂士馬舉，都不似梁、晉交馬多戰賭。豪家變得貧賤，窮漢卻番作榮富。幸是宰相為黎庶，百姓便做了臺輔。話中只說應州路，一兄一弟，艱難將自老母。哥哥喚做劉知遠，兄弟知崇，共同相逐。知遠成人過的家，知崇八九歲正痴愚。

〔甘草子〕在鄉故在鄉故，上輩為官，父親多雄武。名目號光挺，因失陣身亡歿。蓋為新來壞了家緣，離故里，往南中趁熟。身上單寒，沒了盤費，直是淒楚。

〔尾〕兩朝天子，子爭時不遇。◯崇是隱跡河東聖明主，知遠是未發跡潛龍漢高祖。

五代史，漢高祖者，姓劉諱知遠，即位更名曰高。其先沙陀人也。父曰光挺，失陣而卒。後散家產，與弟知崇，逐母趁熟於太原之地。有陽盤六堡村慕容大郎，娶母為後嫁，又生二子，乃彥超、彥進。後長立弟兄不睦。知遠獨離莊舍，投托於他所。奈別無盤費。

以下接著便敘：知遠缺少盤費，途中受飢餓。一日，見一村莊，便走了進去，到牛七翁所開的酒館裡坐地。牛七翁給了他一頓飯吃。這時忽走進一條惡漢，一方人只叫他做活太歲的，無端將七翁百般辱罵。此漢乃沙佗小李村住，姓李，名洪義。七翁戰戰兢兢的侍候著他，一聲也不敢響。知遠旁觀大怒，痛責洪義一頓，洪義豈肯服善，二人便撲打起來。知遠力大，打得洪義滿身是血。滿酒館中人皆喝采。洪義垂頭喪氣而去。但從此與知遠結下海般深讎。這夜，知遠宿於牛七翁莊舍。天明，辭七翁登途。走了一回。時當三月，「落花飛，柳絮舞，慵鶯困蝶。」到了一個莊院，「榆槐相接，樹影下，權時氣歇。」不覺睡著。莊中有一老翁，攜笻至於樹下，忽地心驚，望見槐影之間紫霧紅光，有金龍在戲珠，再仔細一看，卻見是一人臥於樹下，鼻息如雷。老翁嘆曰：「此人異日必貴！」移時，知遠覺醒，老翁因詢鄉貫姓名，欲與結識。知遠便訴自己身世，淚下如雨。老翁說：「如不相棄，可到老漢莊中傭力，相守一年半歲。」知遠便從引至莊上，請王學究寫文契了畢。不料到了老翁家中，見了大哥，卻原來是昨日酒館中相打的李洪義。洪義見了知遠，提了棒向前便打。虧得老翁李三傳，把他扯住了。洪義不說昨日之事，只說是不喜此人。老翁引知遠宿於西房。當夜李三傳女，號曰三娘的，好燒夜香，明月之下，見一金蛇，長約數寸，盤旋入於西房。三娘趕到房中，燈下看見土床上臥著個少年人，閉目熟睡。「紅光紫霧罩其身，蛇通鼻竅來共往。」三娘時下好喜。她想昔有相士算她合為國母，莫非應在此人身上。等知遠醒來，便拔下金釵，將一股與了知遠，約為姻眷。第二天，三娘對父私言夜來所見。李翁甚喜，便央媒將三娘嫁與知遠為妻。洪義及其弟洪信意欲阻止，李翁不聽。成婚時，滿村中人皆來賀喜，並皆喜悅，只有洪信、洪義及其妻們怒氣衝衝。知遠入舍不及百日，不料丈人丈母並亡。依禮掛孝，殯埋持服。弟兄不仁，加之兩個妯娌唆送，致令洪義、洪信更為鱉燥。二人便使機闢，待損知遠。他們「開口只叫做劉窮鬼，喚知遠階前侍立。」說他身上穿著羅綺；卻不鋤田，不使牛，不耕地，「莊家裡怎生放得你！」說時，洪義手持定荒桑棒，展臂，一手捽定知遠衣服。

第一「則」止於此處，第二則接著說：李洪義剝了知遠身上衣服，與布衫布褲穿著了，使交桃園去。知遠不知是計。洪義卻在黑處先等。約過二鼓，陌然地見他跳過頹垣，欲奔草房去。洪義喜道：「這漢合死，今得報仇。」他便追了去，從後舉棒，攔腰打去。七尺身軀，僕地倒下。洪義心狠，更欲打得他身亡。聽得那人言語，便唬去了三魂，連忙將那人扶起，在朦朧月色之下認來，原來不是那窮鬼，卻是李洪信。洪義且驚且哭。洪信忍痛說道：「小弟恐兄落窮神之手，故來覷你。」這時，才見知遠相從數人，帶酒而來。被洪義扯住：「最近亡卻丈人丈母，怎敢飲酒！」眾村人說道：「是俺與他收淚。」二人終是不休。至天明，用繩索綁定，欲要送官。被做媒的李三翁見了，他說：「若您弟兄送他，我卻官中共您理會」，兼著旁人勸免，以此洪義方休。後經數日弟兄定計，交知遠草房內睡，怕今夜乳牛生犢。三娘也不知道。知遠在草房中長嘆，戀著三娘，欲去不忍。到夜深，知遠睡熟，洪義卻在草房外放起火來。究竟帝王有福，天上沒雲沒霧，平白地下起雨來，把火熄了。知遠驚覺，方知洪義所為，也不敢伸訴。至次日，知遠「引牛驢，拽拖車，三教廟左右做生活」。暫於廟中困歇熟睡。忽然霹靂喧轟，急雨如注，牛驢驚跳，拽斷麻繩，走得不知所在，知遠醒來尋至天晚不見，不敢歸莊。意欲私走太原投軍，又念三娘情重，不能棄捨。於明月之下，去住無門，時時嘆息。二更以後，知遠潛身私入莊中，來別三娘。恰到牛欄圈，被一人抱住。知遠驚得一跳。抱者是誰？回頭視之，乃妻三娘也。她說：「兒夫來何太晚！兄嫂持棒專待爾來。」知遠具說因依，並言欲到太原投軍，「特來與妻相別」。三娘聞語，心若刀割。說是已懷身三個月，若太原聞了名，早早來娶她。她是絕不改嫁，也不肯自尋短見，任兄嫂怎樣魔難，也要守著他的。說時悲涕不已，她說：「劉郎略等，取些小盤費去。」去移時，不至。知遠自來看她，見她手攜斫桑斧，「把頭髮披開砧子上，斧舉處唬殺劉郎」。三娘性命如何？卻是用斧截青絲一縷，並紫皂花綾團襖一領，開門付與劉郎。她相送到牆下：「二儀初分天地，也有聚散別離底，想料也不似這夫妻今宵難捨難棄！」二人淚點多如雨點。正在這時，洪義、洪信兄弟二人持棒前來，欲毆辱知遠。知遠大怒道：「我去也，我去也！異日得志，終不捨汝輩！」弟兄笑道：「你發跡後，俺句鼻內呷三斗三升釃醋。」兩個妯娌也道：「俺吃三斗三升鹽！」四口兒扯了三娘回去，劉知遠獨上太原。次日到并州試了武藝，團練岳司公見知遠頂上有紅光結成鬥龍形勢，暗嘆曰：「此人異日富貴，不可言盡。」便賜酒一瓶錢三貫，且令營中歇息。又叫人作媒，將女嫁他。知遠聞言淚下，說起已有前妻李三娘。但作媒者動以利害。知遠不得已而許之，把定物收了。

第二「則」止於此，第三「則」敘的是「知遠充軍，三娘剪髮生少主」事。卻說：知遠收了定，滿營軍健，都皆喜悅。不久，知遠和岳公小姐便成了婚。第二天正在設宴賀喜之時，門吏報覆，有兩個大漢，莊家打扮，說是沙陀村、李家莊來的，要尋劉知遠。知遠嚇了一跳，以為是洪義、洪信二舅。出營門來覷。來者非是二舅，乃李四叔及莊客沙三。李四叔是李三傳房弟，知遠丈人行也。知遠問他們為何前來。沙三道：「您妻子叫來打聽消息的。你卻這裡又做女婿？」知遠說營中軍法，不得已而為之。「四叔，你也休見罪，凡百事息言，莫傳與洪信、洪義。」原書第三「則」止於此，以下皆缺。故我們沒有法子知道以下所敘的事是什麼，僅就其題目所指示，知其下半所敘的乃為「三娘剪髮生少主」的事而已。這一段事，在《五代史平話》及元傳奇《白兔記》（今日流行之本，有明萬曆間富春堂刊本，有明末汲古閣刊本，二本文辭絕不相同，唯節目則大略相似。汲古閣本文辭樸質，當是元人舊本。）裡，都寫得很詳細，很可以根據此二書而得到些影像。唯《白兔記》有「汲水挨磨，磨房中產下嬰兒，當時痛苦咬兒臍（用富春堂本《白兔記》第一折中語）」諸情節，而《劉知遠諸宮調》則似無咬斷兒臍一事。據《劉知遠諸宮調》的後半部，關於三娘事，似只有「最苦剪頭髮短，無冬夏交我幾曾飽暖」及推磨、汲水諸事。

從第三「則」下半節以後，直到第十「則」原書皆缺失，不知內容為何。但如依據了《五代史平話》及《白兔記》二書，則其中情節也約略的可以知道。《五代史平話》在「劉知遠去太原投軍」的一個節目與「知遠見三娘子」的一個節目之間，共有下列的十幾個節目：

劉知遠去太原投軍
知遠與石敬瑭結為兄弟
石敬瑭為河東節度使

劉知遠跟石敬瑭往河東
劉知遠勸石敬瑭據河東
敬瑭稱帝授知遠為平章
劉知遠為北京留守
軍卒報劉承義娘子消息
劉知遠自到孟石村探妻
知遠妝做打草人
劉知遠見李敬業
知遠見三娘子

這些事都是著重在劉知遠的本身的；《白兔記》的所敘，則其中一部分，並著重在李三娘一方面。玆據汲古閣刊《六十種曲》本《白兔記》列其自知遠「投軍」以下至「私會」止的節目如下：

投軍　強逼　巡更　拷問
挨磨　分娩　岳贅　送子
求乳　見兒　寇反　討賊
凱回　受封　汲水　訴獵
私會

凡「挨磨」等等，旁有「·」為記者皆專敘三娘的節目。

以我們的想像推測之，《劉知遠諸宮調》之所敘，當未必與《五代史平話》及《白兔記》完全相同；在那已失的七「則」裡，敘述知遠的故事或當較多於敘述三娘的罹。在原書的第十二「則」裡，寫著：三娘對她的哥哥說道：「自從劉郎相別了，莊上十二三年，最苦剪頭髮短，無冬夏交我幾曾飽暖。咱是的親爹生長，似奴婢一般摧殘。及至淩打，你也恁怯怚懊煎。記得恁打拷千千遍，任苦告不肯擔免。恁時卻不看姊妹弟兄面！」如此，則三娘的事，只是「剪髮」，「挨餓」，「似奴婢一般摧殘，凌打」等等而已，但在同「則」裡，又從劉知遠口中說出三娘被凌虐的情形來：「因吾打得渾身破折，到得朋頭露腳，交擔水負柴薪，終日搗碓推磨」云云。如此，則當時已有挨磨等等以後的所有的傳說了。唯「咬臍」一事似尚未發生。但三娘汲水遇子的事，則在《劉知遠諸宮調》裡也已有之。在其第十一「則」裡，有著這樣的記載：

> 知遠說罷，三娘尋思道：是見來。昨日打水處，見個小禿廝兒，身上一領布衫似打魚網那底，更還兩個月深秋奈何！

又有「昨日個向莊裡臂鷹走犬，引著諸僕吏打獵為戲」諸語，是「汲水」、「訴獵」兩個節目，在本書裡自必有之。唯當時三娘見到「劉衙內」時，未知便是其子，且也並無「白兔」為引介之物耳。

至於知遠的故事，則原書僅敘其做到「九州安撫使」，並未更詳其中的情節，故我們也不能十分的明白。

第十一「則」敘「知遠探三娘，與洪義廝打」事，蓋即《白兔記》所敘的「相會」的一幕，也即《五代史平話》「知遠見三娘子」及以後數節中所敘的故事。唯其描敘的婉曲深摯，則遠非《平話》與《白兔記》所可與之頡頏。在這個所在，我們充分可以看出，《劉知遠諸宮調》的作者，確是一位不同凡俗的有偉大的天才及極豐富的想像力與描寫力的作家。然而這位無名的大作家及其偉大的作品卻埋在我們的西陲的黃沙之中，將及千載而無人知！偉大的作品未必便是必傳的作品罷，而許多庸腐的詩、古文辭卻傳誦到今！

第十一「則」的頭三葉，已經缺佚，第四葉開始，敘的是：劉知遠仍改裝為窮漢模樣，與李三娘見面，三娘訴說：自己怎樣的為了不肯改嫁，把頭髮剪去，又脫下綺羅，換卻布衣，為了「窮劉大」，「淚痕染得布衣紅，盡是相思眼內血。」又問知遠：「我兒別後在和亡？」知遠笑嘻嘻的說道：「你兒見在，到如今許大身材，眉目秀，腮紅耳大，你昨天不是見到他了麼？」三娘想起，「昨關在汲水處見個小禿廝，身上一領布衫似打魚網般的破爛，大約便是的罷。」便道：「這孩子這般襤褸，這兩幅布裙比較新，且與他托肩換袖。」知遠笑道：「不用布裙三兩幅，恁兒身穿錦繡衣。小禿廝兒也不是你兒。你昨日不曾見個劉衙內問你因甚著麻衣，青絲發剪得眉齊。你把行蹤去跡說明白，他垂雙淚，騎馬便歸麼？那面貌還不是像我的一般？如今恰是十三歲了。」三娘怒道：「衙內怎生是你兒？想你窮神，怎做九州安撫使？」知遠恐他妻不信，便於懷中取出一物給她看，那便是九州安撫使的金印。三娘見了，喜不自勝，知遠真個發跡了也！三娘便把這金印藏在懷中。知遠向其再三告取，三娘終不與。知遠道：「收則收著，不要失落了，在三日內，將金冠霞帔，依法取你來。」（元劉唐卿有《李三娘麻地捧印》劇，敘的是此事罷）正在夫妻相會，未忍離別之際，李洪義執了荒桑棒，當下驚散鴛鴦。洪義道：「你害饑，交三叔取飯，卻覓不著，兩個在這裡！」送的是破罐裡盛著殘飯。知遠大怒，將這殘飯潑在洪義面上。洪義怒叫，洪信及二婦人皆至。四個一齊圍定劉知遠，「罵窮鬼怎敢如此無知！好飯好食，充你驢肚！」知遠不懼，一條扁擔，使得熟會，獨自個當敵四下里，只把三娘嚇得呆了。但知遠雖是英雄，畢竟寡不敵眾。虧得有兩個英雄，來助他一臂之力，一個是郭彥威，一個是史洪肇。

第十一「則」敘至郭、史助力為止，第十二「則」裡，敘的便是「君臣弟兄子母夫婦團圓」的事。卻說郭、史二人兩條扁擔，向前救護知遠，洪義、洪信弟兄雖勇，畢竟敵不過他們，四口兒便簇定三娘，向莊奔走而去。三娘到莊，定是吃殘害。知遠入府至衙，與夫人岳氏從頭說起三娘之事。第二天，商量著要接取三娘。臨衙時，卻聽見階前叫屈之聲。叫屈的乃是洪信、洪義。知遠問論誰。洪義說：「小人久住沙陀，種田為活。十三年前，招女婿名知遠，性氣乖訛。為了責備他些兒，便投軍到太原去，把妹子三娘抛棄。生下孩子，曾送與他。他卻又娶了岳司公女。昨日他又到莊上，說是在經略衙中辦事，一言不合，便相廝打，又有郭彥威、史洪肇二人相助，打得洪義、洪信重傷，兩個媳婦若不走脫，也險些兒命喪黃泉。伏望經略向衙中搜刷劉大。」洪信、洪義正在叨叨地訴說劉大的事，劉知遠頻頻冷笑，叫左右備刀，並怒喝洪信弟兄：「你覷吾身！」兩人凝眸，認得經略卻正是女婿劉郎。當下二人渾如小鬼見大王。刀斧手正待下手，知遠喝住，教取得三娘及妗子再斷罪。傳令下去，五百個兵披鎧甲，導領一輛鳳香車，要去迎接三娘。方欲出門，忽門吏慌忙來報，有一個急腳，言有機密事奉告。急腳報的是，有五百個強人，把小李村圍住，搜括財寶，臨行擄了三娘而去。知遠嚇得三魂七魄渾無主，急教郭彥威、史洪肇統兵去捉那些強人並救回夫人。不料史洪肇出戰，卻為賊人所捉；郭彥威力戰不屈。正在勢急，知遠統軍親來接應。二賊人見了，即棄手中兵器，說，軍中自有尊長，欲求相見。原來出來的是劉知遠母親，二人乃慕容彥超、慕容彥進兄弟，他們因劉知遠貴了，故來相投。於是夫妻母子兄弟一時相會。知遠教人到小李村取李三翁、兩個妗子入并州大衙。岳夫人親捧金冠霞帔，與三娘，三娘不受，說是村莊中人帶不得金冠，且又發短齊眉。岳夫人再三相讓。三娘見其真意，便禱天說，若梳髮得長，便受金冠，否則，便只合做偏室之人。言絕，三梳，隨手青絲拂地。眾人皆稱奇。闔府皆喜。李三翁道：「你夫妻團聚，老漢死也快活。」正飲間，人報導，兩個舅舅妗子害飢也。知遠命取將四人來。他們四人在階前淚滴如雨，苦苦哀告。知遠說道：「要是你們吃盡那三斗三升鹽，呷盡三斗三升醋，便也不打不罵，不誅戮。」洪信告說：「是當日戲言，貴人怎以為念。」知遠大怒，命推去斬首。四人又哀告三娘。三娘不理。衙內並岳夫人諸官，盡皆勸諫經略。知遠方才怒解，解了綁繩，命登筵席。洪義自悔萬千，欲當眾用手剜去雙目。眾人救了。皆大喜歡！正在這時，門外有一個後生，年方三十，登門求見，自言與經略有親。知遠一見大喜，原來是他同胞親弟知崇。他母親也甚為欣悅。這正是：

弟兄夫婦團圓日，龍虎君臣濟會時。

後來知遠更為顯達，稱朕道寡，坐升金殿。《劉知遠諸宮調》全書便終結於此。作者在最後說道：

曾想此本新編傳，好伏侍您聰明英賢，有頭尾結束劉知遠。

這部諸宮調的風格，極渾樸，極勁遒，有元雜劇的本色，卻較她們更為近於自然，近於口語。單就一部偉大的傑作論之，已是我們文學史上罕見的巨著；只有一部同類的《西廂記諸宮調》才可與之頡頏罷。其他一切擬仿的、無靈魂的什麼詩，什麼文，當其前是要立即粉碎了的。何況在古語言學等等方面更有不可磨滅的重要性在著呢。

十三

王伯成的《天寶遺事諸宮調》——王伯成的生平——輯逸的經過——就所存者述其內容的概略——關於《天寶遺事》的元人雜劇

《天寶遺事諸宮調》，元王伯成著。伯成，涿州人，生平未詳。鍾嗣成《錄鬼簿》載其雜劇二本：

李太白貶夜郎（今存，見《元刊雜劇三十種》）
張騫泛浮槎（佚）

王國維《曲錄》據無名氏《九宮大成譜》，又增：《興劉滅項》一本。鍾嗣成謂伯成「有《天寶遺事諸宮調》行於世」。賈仲名《補錄鬼簿．凌波仙曲》，也極稱其《天寶遺事》的美妙：

伯成涿鹿俊豐標，公末文詞善解嘲。《天寶遺事諸宮調》，世間無，天下少，《貶夜郎》關目風騷。馬致遠忘年友，仁卿莫逆交。超群類一代英豪（見明藍格抄本《錄鬼簿》）。

「馬致遠忘年友，張仁卿莫逆交」二語，是他處所絕未見者；伯成的生平，可知者唯此而已（《雨村曲話》〔《函海》本，《重訂曲苑》本〕卷上，謂：「王伯成號丹邱先生。」其語無據，故不著）。致遠的卒年約在公元一三〇〇年以前，伯成當亦為那一時代的人物。鍾嗣成的《錄鬼簿》成於公元一三三〇年，已稱「伯成」為「前輩名公」，則其生年當亦必在一三〇〇年以前也。

然《天寶遺事》自明以後，便不甚傳於世。乾隆間所刊《九宮大成譜》卷二十八，錄《天寶遺事．踏陣馬》一套，其後附註云：

首闋《踏陣馬》，《北詞廣正譜》及《曲譜大成》，皆收此曲。但第七句皆脫一字，今考原本改正。

又在同書卷五十三所錄《天寶遺事．一枝花》套，卷七十四所錄《天寶遺事．醉花陰》套，皆有很重要的考正。難道乾隆間《大成譜》的編者們，尚能見到《天寶遺事》的原本麼?然此原本今絕不可得見。長沙楊恩壽作《詞餘叢話》，在其中有一段很可笑的話：

> 明曲《天寶遺事》相傳為汪太涵手筆，當時傳播藝林。以余觀之，不及洪昉思遠甚。《窺浴》一齣，洪作細膩風光，柔情如繪，汪則索然也。
>
> ——《詞餘叢話》（有《坦園叢書》本，《重訂曲苑》本）卷二

此誠不知而作者。恩壽不僅不知《天寶遺事》為何人所作，並亦不知《天寶遺事》為何時代的作品，可謂疏謬之至!然亦可見知《天寶遺事》者之鮮。

《天寶遺事》原本今既不可見，幸明嘉靖時郭勛所編的《雍熙樂府》，選錄《天寶遺事》套曲極多；明初涵虛子的《太和正音譜》，清初李玉的《北詞廣正譜》以及乾隆時周祥鈺諸人所編之《九宮大成南北詞宮譜》等書，並也選載《天寶遺事》的遺文不少。數

年前我曾從這幾部書裡輯錄出一部《天寶遺事》來，但這一部輯本，其篇幅與原本較之，大約相差定是甚遠的，且也沒有道白。任二北先生也有輯錄此書之意，成書與否，惜不能知道。《天寶遺事》的全部結構，在其《遺事引》裡大約可以看出。《遺事引》今存者凡三套：

（一）哨遍　「天寶年間遺事」　見《雍熙樂府》卷七

（二）八聲甘州　「開元至尊」　見《雍熙樂府》卷四

（三）八聲甘州　「中華大唐」　見《雍熙樂府》卷四

（四）摧柏子　楊妃「明皇且休催花柳」　見《雍熙樂府》卷

這四套所述大略相同，唯第一套《哨遍》為最詳。茲錄其前半有關《遺事》的情節的曲文如下：

《哨遍》　遺事引

天寶年間遺事，向錦囊玉罅新開創。風流醞籍李三郎，殢真妃日夜昭陽恣色荒。惜花憐月寵恩雲，霄鼓逐天杖。繡領華清宮殿，尤回翠輦，浴出蘭湯。半酣綠酒海棠嬌，一笑紅塵荔枝香。宜醉宜醒，堪笑堪嗔，稱梳稱妝。

〔幺篇〕銀燭熒煌，看不盡上馬嬌模樣。私語向七夕間，天邊織女牛郎，自還想。潛隨葉靖，半夜乘空，游月窟來天上。切記得廣寒宮曲，羽衣縹渺，仙珮叮噹。笑擕玉著擊梧桐，巧稱雕盤按霓裳。不提防禍隱蕭牆。

〔牆頭花〕無端乳鹿入禁苑，平欺誑，慣得個祿山野物，縱橫恣來往。避龍情子母似恩情，登鳳榻夫妻般過當。

〔幺篇〕如穿人口，國醜事難遮當。將祿山別遷為薊州長。便興心買馬軍，合下手合朋聚黨。

〔幺篇〕恩多決怨深，慈悲反受殃。想唐朝觸禍機，敗國事皆因偃月堂。張九齡村野為農，李林甫朝廷拜相。

〔耍孩兒〕漁陽燈火三千丈，統大勢長驅虎狼。響珊珊鐵甲開金戈，明晃晃斧鉞刀槍，鞭颭剪剪搖旗影。衡水粼粼射甲光。憑驍健，馬雄如獬豸，人劣似金剛。

〔四煞〕潼關一鼓過元平蕩，哥舒翰應難堵當。生逼得車駕幸西蜀。馬嵬坡簽抑君王。一聲閫外將軍令，萬馬蹄邊妃子亡。扶歸路愁觀羅襪，痛哭香囊。

這裡所說的只是幾個大節目。在每一個節目之下，《遺事》都有很詳細的描狀；譬如：「哭楊妃」的一個節目，有明皇的哭，有高力士的哭，又有安祿山的哭；在「憶楊妃」的節目之下，有明皇的憶，也有祿山的憶。在當時寫作的時候，作者是憑著浩瀚的才情而恣其點染的。故白仁甫的《梧桐雨》、《遊月宮》，關漢卿的《哭香囊》，都不過是一本的雜劇，而伯成的《遺事》則獨成為一部弘偉的諸宮調。在這部弘偉的諸宮調裡，所受到前人的影響一定是很多的。例如「哭香囊」的一節，當然是會受有關氏的雜劇的影響的。

依據了上面的節略，我們便可以將現在所輯得的《天寶遺事》的遺文，排列成一個較有系統的東西：

（一）夜行舡　明皇寵楊妃「一片行雲天上來」（《雍熙樂府》卷十二）

（二）醉花陰　楊妃出浴「膩水流清漲新綠」（同書卷一）（又此套亦載《九宮大譜》卷七十四；自《梁州第七》以下與《雍熙》所載大異。）

（三）祆神急　楊妃澡浴「鬐收金索」（《雍熙》卷四）

（四）一枝花　楊妃剪足「脫鳳頭宮樣鞋」（同書卷十）

（五）翠裙腰　太真閉酒「香閨捧出風流況」（同書卷四）
（六）拋球樂　楊妃病酒「雨雲新擾」（同書卷一）
（七）一枝花　楊妃梳妝「蘇合香蘭芷膏」（同書卷十）
（又見《九宮大成譜》卷五十三；《大成譜》注曰：「《雍熙樂府》原本，於《梁州第七》第三句下，誤接黃鐘調楊妃出浴套，《醉花陰》之又一體，及《神仗兒》、《神仗煞》等曲，反將此套《梁州第七》之第三自以下及三煞、二煞、煞尾，接入楊妃出浴、《醉花陰》套內，蓋因同用一韻，以致錯誤如此。」）

以上七則，正是《遺事引》裡所謂「浴出蘭湯，半酣綠酒海棠嬌，一笑紅塵荔枝香。宜醉宜醒，堪笑堪嗔，稱梳稱妝」的一段；只是「一笑紅塵荔枝香」的一則情事，其遺文已無從考見。

（八）一枝花　玄宗捫乳「掌中白玉珪」（《雍熙樂府》卷十）
（九）哨遍　楊妃肚腰「千古風流旖旎」（同書卷七）
（十）瑞鶴仙　楊妃藏鉤會「小杯橙釀淺」（同書卷四）
（十一）一枝花　楊妃捧硯「金瓶點素痕」（同書卷十）

以上五則，雖其事未見《遺事引》提起，似亦當在第一部分之中。底下的兩則所寫的便是《遺事引》裡所說的「銀燭熒煌，看不盡上馬嬌模樣，私語向七夕間，天邊織女牛郎，自還想」的數語。

（十二）六幺序　楊妃上馬嬌「烹龍炮鳳」（《雍熙樂府》卷四）

（十三）一枝花　長生殿慶七夕「細珠絲穿繡針」（同書卷十）

《遺事引》裡所謂「潛隨葉靖，半夜乘空，游月窟來天上」的一段情節，伯成卻盡了才力來仔細描狀：

（十四）點絳唇　十美人賞月「為照芳妍，有如皎練」（《雍熙樂府》卷四）

這一套，大約是先敘宮中美人們賞月事，用以烘染明皇的遊月宮的事的。

（十五）六幺令　明皇遊月宮「冰輪光展」（《雍熙樂府》卷五）

（十六）玉翼蟬煞　遊月宮「似仙闕，若帝居」（同書卷十五）

（十七）點絳唇　明皇遊月宮「玉豔光中素衣叢裡」（同書卷四）

（十八）青杏兒　明皇喜月宮「一片玉無瑕」（同書卷四）

（十九）點絳唇　明皇哀告葉靖「人世塵清」（同書卷四）

這些著力描寫的所在，大約與白仁甫的《唐明皇遊月宮》雜劇（今佚）總有些關係罷。以下便是「笑撚玉著擊梧桐，巧稱雕盤按霓裳」的一段極盛的狀況，一節極綺膩的風光的故事的敘寫了：

（二十）勝葫蘆　明皇擊梧桐「朝罷君王宣玉容」（《雍熙樂府》卷四）

（二十一）一枝花　楊妃翠荷葉「攏發雲滿梳」（同書卷十）

正在這個時候，一個禍根便埋伏下了。「無端乳鹿入禁苑，平欺誑，慣得個祿山野物，縱橫恣來往。避龍情子母似恩情，登鳳榻夫妻般過當。」這一段事在底下二套裡寫著：

（二十二）牆頭花　祿山偷楊妃「玄宗無道」（同書卷七）

（二十三）醉花陰　祿山戲楊妃「羨煞尋花上陽路」（《雍熙樂府》卷一）

像這樣的比較隱祕，比較穢褻的事，清人洪升的《長生殿》便很巧妙，很正當的把她拋棄去了不寫。

（二十四）踏陣馬　祿山別楊妃「天上少世間無」（《九宮大成譜》卷二十八）

（二十五）勝葫蘆　貶祿山漁陽「則為我爛醉佳人錦瑟傍」（《雍熙樂府》卷四）

這二段便是「如穿人口，國醜事難遮當，將祿山別遷為薊州長」的事了。

（二十六）一枝花　祿山謀反「蒼煙擁劍門」（《雍熙樂府》卷十）

（二十七）賞花時　祿山叛「擾擾氈車慘霧生」（同書卷五）

（二十八）耍三臺　破潼關「殢風流的明皇駕」（《九宮譜》卷二十七）

以上便是「漁陽燈火三千丈，統大勢長驅虎狼」云云的祿山起兵與過潼關的一段事了。潼關一破，勢如破竹，不得不「生逼得車駕幸西蜀」。接著便是「馬嵬坡簽抑君王。一聲閫外將軍令，萬馬蹄邊妃子亡」的慘酷絕倫的事發生了。關於幸蜀事，《天寶遺事》的遺文惜無存者；而關於楊妃的亡與明皇的憶則正是伯成千鈞之力之所集中者；當是《遺事》裡最哀豔，最著重的文字。這一節故事的遺文，今見存最多；這不能不說是一件幸事：

（二十九）醉花陰　楊妃上馬嵬坡「愁據雕鞍翠眉鎖」（《雍熙樂府》卷一）

（三十）醉花陰　明皇告代楊妃死「有句衷言細詳察」（同書卷一）

（三十一）願成雙　楊妃乞罪「一壁廂死猶熱，血未乾」（同書卷一）

（三十二）集賢賓　楊妃訴恨「飛花落絮無定止」（同書卷十四）

（三十三）村裡迓古　明皇哀告陳玄禮「六軍不進」（同書卷四）

（三十四）勝葫蘆　踐楊妃「是去君王不奈何」（同書卷五）

（三十五）祆神急　埋楊妃「霧昏秦嶺日」（同書卷四）

（三十六）集賢賓　祭楊妃「人咸道太真妃」（同書卷十四）

楊妃死後，明皇哭之，憶之。高力士也哭之，憶之。這噩耗傳到了安祿山那裡，祿山也哭之，憶之。關於哭楊妃的事，伯成又是以千鈞之力來去描寫的。原來的排列如何，今不可知，姑以哭、憶事為一類列下：

（三十七）粉蝶兒　哭楊妃「玉骨香肌」（《雍熙樂府》卷七）

（三十八）新水令　憶楊妃「翠鸞無語到南柯」（同書卷十一）

（三十九）粉蝶兒　力士泣楊妃「若不是將令行疾」（同書卷七）

（四十）粉蝶兒　祿山泣楊妃「雖則我肌體豐肥」（同書卷七）

（四十一）行香子　祿山憶楊妃「被一紙皇宣」（同書卷十二）

（四十二）新水令　祿山憶楊妃「舞腰寬褪弊貂衣」（同書卷十一）

（四十三）夜行舡　明皇哀詔「不覺天顏珠淚簌」（同書卷十二）

（四十四）一枝花　陳玄禮駭赦「錦宮除禍機」（同書卷十）

（四十五）端正好　玄宗幸蜀「正團圓成孤另」（同書卷三）

（四十六）八聲甘州　明皇望長安「中秋夜闌」（同書卷四）

從《粉蝶兒》套哭楊妃，到《八聲甘州》套望長安的十則，都只是寫一個「哭」字，一個「憶」字。更有：

（四十七）新水令　祿山夢楊妃「駕著五雲軒」（《雍熙樂府》卷十一）

一套，似也可以附在這個所在。

（四十八）一枝花　楊妃繡鞋「傾城忒可憎」（《雍熙樂府》卷十）

（四十九）賞花時　哭香囊「據刺繡描寫巧伎倆」（同書卷四）以上二則，便是《遺事引》裡所謂「愁覩羅襪，痛哭香囊」的二語了；可惜這裡只有關於楊妃繡鞋的一則，卻沒有關於羅襪的。最後尚有一則：

（五十）賞花時　明皇夢楊妃「天寶年間事一空」（《雍熙樂府》卷五）

從「天寶年間事一空，人說環兒似玉容」起，直說到「貪歡未罷，驚回清夢，玉階前疏雨響梧桐」，似為一個結束或一個「引言」。但說是附於「疏雨響梧桐」的一則故事之後的一個結束，大約是不會很錯的。伯成的「疏雨梧桐」的節目，或甚得白仁甫的那一部《梧桐雨》的雜劇的暗示的罷；正如「哭香囊」的一個節目之得力於關漢卿的《唐明皇哭香囊》一劇一樣。但很可惜的，「疏雨響梧桐」的遺文，我們卻已無從得見了。

洪升的《長生殿》，其下卷幾全敘楊妃死後的事，特別著重於「臨邛道士鴻都客，能以精誠致魂魄」云云的一段虛無飄渺的天上的故事。白氏的《梧桐雨》劇，則截然的終止於「秋雨梧桐葉落時」的一夢，恰正獲得最高超的悲劇的氣氛，遠勝於《長生殿》之拖泥帶水。伯成的《天寶遺事》，是否也終止於「秋雨梧桐」，今不可知，但《賞花時》「天寶年間事一空」套若果為一個總的結束，則其「尾聲」當然會是「秋雨梧桐」的一夢的。這部弘偉的《天寶遺事諸宮調》若果真終止於此，則其識力，當更過於董解元；其風格的完美，其情調的雋逸，也當更較《西廂記諸宮調》為勝。

《天寶遺事諸宮調》的遺文，除過於零星者不計外，凡得上列的五十四套（連《遺事引》四套）。可說是已盡了可能的搜輯的工力了。大部分都被保存在《雍熙樂府》裡。這部空前的浩瀚的「曲集」，其中所收羅著的重要的材料不知凡幾。《天寶遺事》五十餘套，便是重要的材料的一種。在較《雍熙樂府》的刊行為早的《盛世新聲》及約略同時的《詞林摘豔》二書裡，《天寶遺事》的曲子連一套也不曾收著。這真有點可怪！《太和正音譜》及《北詞廣正譜》所收的《遺事》的曲子，卻又是極為零星的。《九宮大成譜》又開始注意到《遺事》，但所錄《遺事》的曲文，出於《雍熙樂府》外者僅二套耳。故輯錄《遺事》的遺文，終當以《雍熙》為淵藪。

這五十四套的曲文，當然不能盡《遺事》的全部。就《西廂記諸宮調》有一百九十三套，《劉知遠諸宮調》殘存三分之一的篇幅，而也有八十套的事實看來，《天寶遺事》大約總也會有二百套左右的吧。今輯得的五十四套，只當得全文的四分之一。最明顯的遺漏是：「曉日荔枝香」、「霓裳舞」、「夜雨梧桐」等等重要的情節。伯成以那末許多套的曲子，來寫明皇的遊月宮，來寫安祿山的離京，來寫楊貴妃的死，來寫明皇等的哭與憶，便知所遺者一定是不在少數。

假如有一天，像發見《劉知遠諸宮調》似的，也發見了《天寶遺事諸宮調》的原本，那豈僅僅是一件驚人的快事而已！要是《九宮大成譜》的編者們不說謊，果真猶及見到《天寶遺事》的原書，則在今日（離他們不到二百年）而若得到此弘偉的名著，恐怕也不是什麼太突然的事罷。

《天寶遺事》很早的便成為談資；《長恨歌》以外，宋人已有《太真外傳》（樂史著，有《顧氏文房小說》本）及《梅妃傳》（無作者姓名，亦見於《顧氏文房小說》）諸作，頗盡描狀之態。《輟耕錄》所載「院本名目」中，也有《擊梧桐》一本。元人雜劇，關於此故事者更多：於關、白二氏諸作外，更有庾天錫的

楊太真霓裳怨一本（今佚，《錄鬼簿》著錄）

楊太真華清宮一本（同上）

又有岳伯川的

羅光遠夢斷楊貴妃一本（今佚，《錄鬼簿》著錄）

而王伯成則為總集諸作的大成者。其魄力的弘偉，誠足以壓倒一切。像那末浩瀚的一部《天寶遺事》，在他之前，還不曾有人敢動過筆呢。在他之後，明人之作誠多，若

《驚鴻》，若《彩毫》，皆是其中表表者，然若置之這部偉大的諸宮調之前，則唯有自慚其形醜耳。

十四

其他各本諸宮調的敘錄—孔三傳的《耍秀才諸宮調》（？）—霸王與卦鋪兒—《崔韜逢雌虎》—《鄭子遇妖狐》—《井底引銀瓶》—《雙女奪夫》—《倩女離魂》—《崔護謁漿》—《雙漸趕蘇卿》—《柳毅傳書》—諸宮調時代的短促—《三國志》—《五代史》—《七國志》—《趙貞女》—《張協狀元》

在董解元《西廂記諸宮調》的開卷，曾有一段話道：

〔太平賺〕……比前覽樂府不中聽，在諸宮調裡卻著數。一個個旖旎風流濟楚，不比其餘。

〔柘枝令〕也不是《崔韜逢雌虎》，也不是《鄭子遇妖狐》，也不是《井底引銀瓶》，也不是《雙女奪夫》。也不是《離魂倩女》，也不是《謁漿崔護》，也不是《雙漸豫章城》，也不是《柳毅傳書》。

在這裡，我們可得到不少的諸宮調的名目：

（一）崔韜逢雌虎諸宮調

（二）鄭子遇妖狐諸宮調

（三）井底引銀瓶諸宮調

（四）雙女奪夫諸宮調

（五）倩女離魂諸宮調

（六）崔護謁漿諸宮調

（七）雙漸趕蘇卿諸宮調

（八）柳毅傳書諸宮調

這些，全部是與《西廂》同科的「倚翠偷期話」，而非「樸刀桿棒，長槍大馬」之流。

又，在石君寶的《諸宮調風月紫雲亭》劇裡，由韓楚蘭的口中，也可以搜到下列幾種的諸宮調的名目：

（一）三國志諸宮調

（二）五代史諸宮調

（三）雙漸趕蘇卿諸宮調

（四）七國志諸宮調

其中除了第三種《雙漸趕蘇卿諸宮調》已見於董解元所述者外，其他幾種，都完全是「鐵騎兒」或「長槍大刀」一類的著作。

周密《武林舊事》（卷十）所載的諸宮調二本：

（一）諸宮調霸王

（二）諸宮調卦鋪兒

其性質不很明了，但其為最早期的諸宮調則可斷言。

始創諸宮調的孔三傳，所作唯何，今不可知。耐得翁《都城紀勝》：「孔三傳編撰傳奇、靈怪，入曲說唱」，則其所編撰，當必不止一二種。孟元老《東京夢華錄》有「孔三傳《耍秀才諸宮調》」語，與「毛詳，霍伯丑商謎，吳八兒合生」並舉，則「耍秀才」如果不是人名，便當是諸宮調名了。

王伯成《天寶遺事諸宮調引》有云：

〔三煞〕好似火塊般曲調新，錦片似關目強，如沙金璞玉逢良匠。愁臨阻嶮頻搔首，曲到關情也斷腸。雖脂妝，不比送君南浦，待月西廂。

——《雍熙樂府》卷七引

「待月西廂」指的當然是《西廂記諸宮調》了；「送君南浦」的情節，見於《琵琶記》，難道趙貞女蔡二郎事，也曾見之於諸宮調麼？

《永樂大典》所載《張協狀元戲文》，其開頭便是彈唱一段諸宮調，說：「這番書會，要奪魁名。占斷東甌盛事，諸宮調，唱出來因廝羅響。賢門雅靜，仔細說教聽。」當時或者竟有全部《張協狀元諸宮調》也說不定。

《輟耕錄》所著錄的「院本名目」拴搐豔段一部裡有「諸宮調」一本。然不詳其名。關於諸宮調的著錄，殆已盡於此矣。茲更分別著之於下，並略加說明。諸宮調的書錄其將以此為發端歟？

耍秀才諸宮調　孔三傳著

「耍秀才」不似人名，故列於諸宮調之首。此作內容未詳。大抵以「秀才」作嘲笑的對象罷。周密《武林舊事》所載「官本雜劇段數」，中有「襤哮負酸」、「秀才下酸擂」等以「酸」為名者五種。陶宗儀《輟耕錄》所載「院本名目」，中有「合房酸」、「麻皮酸」以至「哭貧酸」、「酸孤旦」等以「酸」為名者又十二種。胡應麟《少室山房筆叢》（據明刊本）謂：

> 世謂秀才為措大，元人以秀才為細酸。《倩女離魂》首折，末扮細酸為王文舉是也。

是「酸」正指「秀才」，那十餘種以「酸」為名的「雜劇詞」與「院本」當皆係以「秀才」為登場的人物。《輟耕錄》「院本名目」中，在題目院本名下，有《呆秀才》一本，又別有「秀才家門」一類，所列自大口賦，拂袖便去，到看馬胡孫，凡十種。當也都是耍秀才一流的東西罷。

諸宮調霸王　無名氏作

「霸王」之名，在「雜劇詞」及「院本」裡頗為常見。大抵是敘述項羽的事的罷。《武林舊事》所載「官本雜劇段數」於此本外，又有：

霸王中和樂　入廟霸玉兒
單調霸王兒　霸王劍器

等四本。《輟耕錄》所載院本名目，則別有「霸王院本」一目，中有：

悲怨霸王　范增霸王
草馬霸王　散楚霸王
三官霸王　補塑霸王

等六種。更有《霸王草》一種，見於「衝撞引首」一類之中。當皆是以霸王這個人物為中心的。王國維以為：「愚意霸王亦調名，因創調之人始詠霸王，即以名其調，故有范增霸王，三官霸王等異名。」（見晨風閣本《曲錄》卷一附註）但「霸王」若果為調名，將何所解於諸宮調霸王的一個名稱呢？我的意思，以為，正以有《范增霸王》、《悲怨霸王》、《散楚霸王》等等不同的題目，足以見出所敘者皆為「霸王」事。這些事與霸王皆有關係；並非以毫不相干的故事附上去也。且《輟耕錄》所分的「和曲院本」、「上皇院本」、「題目院本」及「諸雜大小院本」等等皆係以「類分」，以「事分」，以「人分」，並無以「調分」者。「霸王院本」當不會是一個例外。

元雜劇敘霸王事者有

禹王廟霸王舉鼎（高文秀撰，今佚）

霸王垓下別虞姬（張時起撰，今佚）

第二本。明傳奇有《千金記》，亦敘及霸王事。又《雍熙樂府》載《十面埋伏》、《小十面》等套數不下十餘，皆與霸王事有關。

諸宮調卦鋪兒　無名氏作

「卦鋪兒」不知何意義，其名屢見於《武林舊事》所載的「官本雜劇段數」及《輟耕錄》所載的「院本名目」裡。《武林舊事》所載，以「卦鋪兒」名者，於《諸宮調卦鋪兒》一本外，有：

兩同心卦鋪兒　一井金卦鋪兒
滿皇州卦鋪兒　變貓卦鋪兒
白苧卦鋪兒　探春卦鋪兒
慶時豐卦鋪兒　三哮卦鋪兒

等八本。《輟耕錄》所載，則有下列二種：

卦鋪兒（諸雜大小院本）　調猿卦鋪（諸雜院爨）

大約「卦鋪兒」云云，與「打三教」、「鬧三教」之類是很相同的，所敘的都是當時人所喜聽的「卦鋪兒」的故事。《輟耕錄》院本名目裡，又有：說卦象（列良家門）一名，「卦鋪兒」或是其同類罷。或疑「卦鋪兒」為曲調名，但既有《諸宮調卦鋪兒》，則其非曲調名可知。

崔韜逢雌虎諸宮調　無名氏作

崔韜逢雌虎的故事，見於《太平廣記》卷四百三十三（出《集異記》）。崔韜，蒲州人，旅遊滁州，曉發，至仁義館宿。館吏曰：「此館凶殘，幸無宿也。」韜不聽。至二更，韜方展衾欲就寢，忽見館門有一大足如獸。俄然其門豁開，見一虎自門而入。韜驚走，於暗處潛伏視之。見獸於中庭脫去獸皮，便有一好女子。奇麗嚴飾，升廳而上，就韜衾而睡。韜出問之：「適見汝為獸入來何也？」女子說是：「家貧，欲求良匹，無由自達，乃夜潛將虎皮為衣，知君子宿於是館，故欲託身以備灑掃。」韜乃納之。取獸皮衣棄廳後枯井中。乃挈女子而去。後韜明經擢第，任宣城時，韜妻及男將赴任。與俱行月餘，復宿仁義館。韜笑曰：「此館乃與子始會之地也。」往視井中，獸皮衣宛然如故。妻令人取之。既得，妻笑謂韜曰：「妾試更著之。」接衣在手，妻乃下階，將獸皮衣著之。才畢，乃化為虎，跳躑哮吼，奮而上廳，食韜及子而去。

這一則故事，乃是獸妻型的民間故事之一，其棄衣於井的一段事，更大類鵝女郎型的故事，不過其結局較任何鵝女郎型故事都更為悲慘耳。

這故事，在宋、元之間，似流行甚廣。在周密所敘的「官本雜劇段數」裡，有：《崔智韜艾虎兒》一本，又有：《雌虎》一本，原注云：「崔智韜」。當皆係敘《崔韜逢雌虎》的事。陶宗儀所載的院本名目裡，有：《虎皮袍》（在「唱尾聲」一類）一本，不知與崔韜事有無關係。賈仲名《續錄鬼簿》所附「諸公傳奇，失載名氏」的雜劇名目裡，有：《盜虎皮》（《人頭峰崔生盜虎皮》）一本，則崔韜事也並有元劇了。

鄭子遇妖狐諸宮調　無名氏作

鄭子遇妖狐事，見於《太平廣記》卷四百五十二《任氏》條。此傳為沈既濟作。既濟，唐大曆間蘇州吳人，官至禮部員外郎。有《枕中記》，極有名。妖狐事，敘次也極婉曲可喜。任氏為一女妖。遇一貧苦的少年鄭六，便嫁給了他。鄭六寄食於妻族，與妻族中韋崟者交厚。崟豪邁，好飲酒。見任氏，為其色所醉，愛之發狂，乘鄭六他出逼之。任氏力拒絕獲，然神色慘變。長嘆道：「鄭六可哀也！有六尺之軀，而不能庇一婦人，豈丈夫哉！且公少豪侈，多獲佳麗，遇某之比者眾矣。而鄭生貧賤耳，所稱愜者唯某而已。忍以有餘之心而奪人之不足乎！」崟聞其言，遽置之，謝曰：「不敢！」自此時相過往，狎昵甚歡，唯不及亂而已。任氏也力為崟求得其所欲得的美人。後歲餘，鄭六授槐裡府果毅尉，邀與任氏俱去。任氏不欲往。鄭子懇請，任氏愈不可。鄭六乃求崟資助。崟詰其故。任氏良久曰：「有巫者言，某是歲不利西行，故不欲耳。」鄭子與崟大笑之。任氏不得已遂行。崟以馬借之，出祖於臨皋。信宿，至馬嵬。任氏乘馬居其前，鄭子乘驢居其後，女奴別乘，又在其後。是時，西門圉人教獵狗於洛川，已旬日矣。適值於道：蒼犬騰出於草間。鄭子見任氏欻然墜於地，復本形而南馳，蒼犬逐之，鄭子隨走叫呼不能止，裡餘為犬所獲。鄭子銜涕出囊中錢贖以瘞之，削木為記。回睹其馬，嚙草於路隅，衣服悉委於鞍上，履襪猶懸於鐙間，若蟬蛻然，唯首飾墜地，余無所見。女奴亦逝。

這故事頗為人知，然宋、金、元間的作者們以此為題材者則絕少；其名目不見於周密及陶宗儀所載的「官本雜劇段數」及「院本名目」裡，也不見於元人所作劇中。即宋、元、明的戲文、傳奇，以此為題材者也沒有。只有此諸宮調一本耳。

井底引銀瓶諸宮調　無名氏作

此本不知敘述什麼故事。白居易《新樂府》有《金井引銀瓶》一題。在元白仁甫的《裴少俊牆頭馬上》（亦名《鴛鴦簡牆頭馬上》）雜劇裡，也有遊絲引銀瓶，到金井中汲水的一段話：

〔鷹兒落〕似陷人坑千火穴，勝滾浪千堆雪，恰才石頭上損玉簪，又教我水底撈明月。

〔德勝令〕冰弦斷便情絕，銀瓶墜永離別，把幾口兒分兩處，誰更待雙輪碾四轍？……

與白氏《新樂府》所敘的故事正同。難道這部諸宮調敘的也便是裴少俊的故事？敘述裴少俊事的曲文見於周密《武林舊事》所載者，有：《裴少俊伊州》一本，見於陶宗儀《輟耕錄》所載者，有：

鴛鴦簡（見於「諸雜大小院本」一類裡）

牆頭馬（見於「諸雜大小院本」一類裡）

二本。明徐渭《南詞敘錄》所載「宋元舊篇」的戲文名目裡，也有《裴少俊牆頭馬上》一本。是這故事所侵入的範圍竟極廣的了；其所寄託的文體，由「雜劇詞」至雜劇、戲文，幾無不有。這部諸宮調之也為敘述裴少俊事，當然是很可能的。

雙女奪夫諸宮調　無名氏作

「雙女奪夫」的故事，在宋、金時代當甚為流行，一提起來便無人不知，正如今日我們一提起了「待月西廂」，便無不知其為崔、張的故事一樣。可惜這故事究竟說的什麼，今已無法知道。周密《武林舊事》所載的「官本雜劇段數」裡有：《雙旦降黃龍》一本，那是以《降黃龍》的一個曲調，詠唱「雙旦」的故事的，但是否為「奪夫」的事，則不可知。又在陶宗儀《輟耕錄》所載的「院本名目」裡有：《雙捉婿》(見「諸雜大小院本」類中）一本，頗像是演唱「奪夫」的故事的。賈仲名《續錄鬼簿》載明初唐以初所撰雜劇：《四女爭夫》（《陳子春四女爭夫》）一本，也大似這故事的同類，唯由二女而增為四女，情節更為複雜耳。在元人雜劇裡，敘述「雙女奪夫」之事者頗多。最著者為趙貞女型的一類雜劇，像：

楊顯之：臨江驛瀟湘夜雨（《元曲選》本）

尚仲賢：海神廟王魁負桂英（作者編《元明雜劇輯逸》本）

等等。又關漢卿的雜劇：

詐妮子調風月（《元刊雜劇三十種》本）

也是寫的「二女奪夫」的事。宋、元戲文裡，有關於趙貞女型的故事更多，於蔡二郎、王魁外，別有所謂：

陳叔萬三負心（《南詞敘錄》著錄）

崔君瑞江天暮雪（《南詞敘錄》著錄）

林招得三負心（《南詞敘錄》著錄）

李勉負心（見沈璟《南九宮譜》引無名氏集古傳奇名散套《正宮刷子序》曲）等等；

又有：

鶯燕爭春詐妮子調風月（見《永樂大典》目錄，及《南詞敘錄》）

一本，當與漢卿的雜劇敘述同一故事。像這末許多的「奪天」的故事，這部諸宮調所採用的究竟是那一個呢？這只好是付之「缺疑」的了。

倩女離魂諸宮調　無名氏作

「倩女離魂」的故事，見於《太平廣記》卷三百五十八，題為《王宙》，蓋即陳玄祐所作之《離魂記》。玄祐，為唐大曆間人，生平未詳。王宙幼聰悟，美容範，與舅張鎰之女倩娘，自幼相愛。倩娘亦端妍絕倫。二人長成後，常私感想於寤寐。然鎰竟許倩娘於他人，女聞而鬱抑；宙亦深恚恨，托以當調，竟赴京。夜方半，宙不寐，忽聞岸上有一人行聲甚速，須臾至船，乃倩娘徒行跣足而至。宙驚喜發狂，遂同行，至蜀，凡五年，生兩子。後倩娘思家，宙乃與俱歸。然室中乃別有一倩娘，病臥數年不起。聞倩娘至，乃飾妝更衣，出與相迎，翕然合為一體，其衣裳皆重。

此故事不見於「官本雜劇段數」及「院本名目」中，殆第一次被寫入諸宮調裡的罷。元人雜劇有：

棲鳳堂倩女離魂（趙公輔撰，今不傳）

迷青瑣倩女離魂（鄭光祖撰，有《元曲選》本）

各一本，皆敘此事。宋、元戲文裡也有：

迷青瑣倩女離魂（見沈璟《南九宮譜》所載南鍾賺「集六十二家戲文名」）

一本。大約自諸宮調彈唱著之後，這故事便成了很流行的一個題材的了。

崔護謁漿諸宮調　無名氏作

崔護事見《本事詩》（據《歷代詩話續編》本），知者已多，無煩再引。周密《武林舊事》所載「官本雜劇段數」，其中有關於崔護事者二本：

崔護六幺

崔護逍遙樂

元人雜劇裡也有敘述崔護事者二本：

崔護謁漿（白仁甫撰，今佚）

崔護謁漿（尚仲賢撰，今佚）

明人孟稱舜也有雜劇一本：

人面桃花（《盛明雜劇初集》本）

這些皆是敘述崔護事的「雜劇詞」與「劇本」，並這部諸宮調而共有六種矣。

雙漸趕蘇卿諸宮調　無名氏作

雙漸蘇卿事為宋、元人所最豔稱。《雍熙樂府》中詠雙漸蘇卿事者無慮十餘套。陶宗儀《輟耕錄》所載「院本名目」裡有：

調雙漸（在「諸雜大小院本」類中）

一本。宋、元南戲中，有：

蘇少卿月夜泛茶船（見《永樂大典》目錄及《南詞敘錄》）

一本。元人雜劇裡，也有王實甫所撰：

蘇少卿月夜販茶船（今佚，有殘文見作者的《元明雜劇　輯逸》中）

一本，及庾天錫所撰：

蘇少卿麗春園（見《錄鬼簿》，今佚）

一本。這些作品的時代，類皆在這部諸宮調後，多少總當受有她的影響的，雖然未必定是像王實甫《西廂記雜劇》之出於《董西廂》似的那末亦步亦趨的。自關漢卿以下，凡是元劇說到妓女文人的相戀，便莫不引雙漸、蘇卿事為本行的典故。這故事竟成了宋、元時最流行的人人皆知的一個典實了。石君寶的《諸宮調風月紫雲亭》，也說到這部諸宮調。最有趣的是，在一百二十回本的《水滸全傳》裡，有一段說到白秀英作場說唱「雙漸趕蘇卿」的事：

鑼聲響處，那白秀英早上戲臺參拜四方，拈起鑼棒如撒豆般點動。拍下一聲界方，念了四句七言詩，便道：「今日秀英招牌上明寫這場話本是一段風流蘊藉的格範，喚做《豫章城雙漸趕蘇卿》。」說了開話又唱，唱了又說，合棚價眾人喝采不絕。……那白秀英唱到務頭，這白玉喬按喝道：「雖無買馬博金藝，要動聰明鑑事人。看官喝采道是過去了，我兒且回一回。」

——第五十一回，《插翅虎枷打白秀英》

在《英雄譜》本的《水滸傳》裡，這段事是第四十七回（《雷橫枷打白秀英》），所敘的與一百二十回本無甚出入。在這一般話裡，可注意的是：白秀英說唱的乃是《豫章城雙漸趕蘇卿》的話本。但她雖是「說了開話又唱，唱了又說」的舉動，卻似專注重在唱，故以說為「開話」，而聽眾所喝采者也當然是注意在她的歌聲；且下臺聚錢時，也必待要「唱到務頭」處。這種種，都可證明她所說唱的「話本」並不是一部什麼平常的流傳於宋、元間的話本（宋、元話本裡也夾著唱，但究竟是以說為主，非以唱為主）。或者，她所說唱的竟是一部《雙漸蘇卿諸宮調》也說不定。就其說唱的情形看來，大有是在說唱諸宮調的可能。至於話本二字，意義本甚含糊，其所包括也甚廣泛。傀儡戲有話本，影戲也有話本（《都城紀勝》云：「凡傀儡敷演煙粉靈怪故事，鐵騎公案之類，其話本或如雜劇或如崖詞。……凡影戲乃京師人初以素紙雕鏃，後用彩色裝皮為之。其話本與講史書者頗同，大抵真假相半。」）甚至說經，說參請，商謎等等也各有其話本。話本的意義既可以包括到傀儡戲乃至影戲的劇本，又何不可並包括到諸宮調呢（董解元也自稱其所作為話本）？

柳毅傳書諸宮調　無名氏作

這部《柳毅傳書諸宮調》，其故事當然是本之於唐李朝威的《柳毅傳》的，《柳毅傳》見《太平廣記》卷四百十九。朝威生平不可知。這故事在宋、元間流傳得很普遍，於這部諸宮調外，尚有：

柳毅大聖樂（見周密《武林舊事》）

洞庭湖柳毅傳書（尚仲賢撰，有《元曲選》本）

柳毅洞庭龍女（此為南戲文，見《南詞敘錄》，今佚）

等作。龍女為印度的產物，但在我們的故事裡，卻引起了不少的波瀾，柳毅事特其一耳。

以上十一種，並皆為董解元《西廂記諸宮調》以前的或同時的著作；除孔三傳一人外，其他著作者今皆不可知。僅知其皆為宋及金代的人物耳。其著作的時代，最早約始於宋神宗熙寧（公元一〇六八年）間（《碧雞漫志》卷二，謂孔三傳為熙寧、元豐間人，見上文），而止於金亡（公元一二三四年）。宋與金雖南北阻隔，然說唱諸宮調的風氣卻當是南北相通的。這時代可稱得起是諸宮調的黃金時代。再加上《劉知遠諸宮調》及《西廂記諸宮調》，這時代便共佔有十三種的那末弘偉的著作了。誠足為一代的光榮！這十三種偉大的諸宮調，如果放在千百種的元雜劇、明傳奇之前，是一點也不會有什麼愧色的！

底下的五種，時代不可知。然其四種既著錄於石君寶和王伯成的所著裡，則至遲也當是元初（約公元一三〇〇年以前）之物，與以上的十餘種的時代，相差當是不很遠的。《張協狀元》一作，時代更難決定。唯《張協狀元》的戲文，既被稱為「宋元舊篇」而著錄在《南詞敘錄》裡，則這部諸宮調的時代，當也不會是更後於元代中葉以下的。

所以我們以為諸宮調是一〇六八到一三〇〇年間的產物，大約是不會很錯的，自此以後，諸宮調便永絕跡於文壇上了，元末明初人，似已鮮知其體制。其生命不過一個半世紀耳！可謂短促之至！然一個光榮的時代，未必便是很長的，希臘的悲劇時代，英國的莎士比亞時代，又何嘗曾延長到一個世紀以上呢。諸宮調的生命雖短，卻已深刻的印下了一個最光榮的足跡在我們的文學史上了。

三國志諸宮調　無名氏作

這部諸宮調當然為長篇巨著。以三國故事的浩瀚，簡短的篇幅是難以容納得下的。三國事，早已成為民眾所嗜愛的一個「故事中心」。唐末及北宋時，已有敷演三國事為通俗的講談之資者（《小說考證》引《交翠軒筆記》云：「東坡集記王彭論曹劉之澤云：塗巷小兒薄劣，為其家所厭苦，輒與數錢，令聚坐聽說古話。至說三國事，聞玄德敗，則顰蹙有出涕者，聞曹操敗，則喜躍暢快。……是北宋時已有衍說三國野史者矣。又李義山《驕兒詩》：或謔張飛胡，或笑鄧艾吃。似當日俳優，已有以孟德為戲弄者。」）《都城紀勝》載有霍四究者，專以「說三分」為業。及元代而益盛，既有《三國志平話》的一部小說，更有許多的雜劇，像關漢卿的：

關大王大刀會（有《元刊雜劇三十種》本）

關張雙赴西蜀夢（存於同上雜劇集中）

高文秀的：

劉先主襄陽會（《錄鬼簿》著錄，今佚）

周瑜謁魯肅（有遺曲見作者的《元明雜劇輯逸》中）

武漢臣的：

虎牢關三戰呂布（《錄鬼簿》著錄，今佚）

王仲文的：

諸葛亮秋風五丈原（有《元刊雜劇三十種》本）

七星壇諸葛公祭風（《錄鬼簿》著錄，今佚）

等等，列舉是不能一時盡的。《也是園書目》更將無名氏所作雜劇，關於三國事的，別列為三國故事一類，這類裡，共凡有二十一本之多，也可見其在元代劇壇上的氣焰之高張了。陶宗儀《輟耕錄》所載「院本名目」裡，也有關於三國故事的六本：

赤壁鏖兵

刺董卓

十樣錦（大約說諸葛論功的事罷）

襄陽會

大劉備

罵呂布

在元代之末，著名的羅貫中的《三國志演義》便也出現。明代關於「三國」故事的傳奇也不少；於王濟的《連環記》，鄒玉卿的《青鋼嘯》外，尚有無名氏之《古城記》及《三國記》（明傳奇《三國志》之名，見於《綴白裘》，係雜湊《單刀會》劇及《古城記》曲而成者，靠不住，恐無此書）。這部諸宮調恰出現於極盛的時代的中間，恰足為說唱者最易號召的資料。

五代史諸宮調　無名氏作

五代史故事與三國志故事，都是宋代講壇上的驕子。《都城紀勝》載有尹常者專以「賣五代史」為業，與霍四究的「說三分」，恰是專門的講史書的雙璧。尹常的《五代史》今絕不可見。然流傳於世者乃有《五代史平話》一種，雖未必便是宋代的東西，卻至遲也不會是出於元代以後的（《五代史平話》有武進董氏刊本，有商務印書館新印本。關於此書的年代問題，我將有一篇論文說到它）。在諸宮調的一方面，既有《劉知遠》的一部偉著，復有綜攬五代史事的此作，其活躍的程度是很為可觀的。我們想像，若李存孝、王彥章之流，其英姿翩翩的從女流說唱者的滔滔的講談裡，被傳達出來，誠不知要迷醉了多少的聽眾！此外據陶宗儀所載，更有所謂：

斷朱溫爨　黃巢　史弘肇

的三種「院本」，那大約都是很簡短的東西。又在元劇裡，關漢卿曾寫了一本：

鄧夫人哭存孝（《錄鬼簿》著錄，今佚）

白仁甫也作著一本：

李克用箭射雙鵰（見作者的《元明雜劇輯逸》）

《也是園書目》所載關於「五代故事」的無名氏雜劇凡六本：

李存孝大戰葛從周（今佚）

狗家疃五虎困彥章（後來《五代殘唐傳》的「五龍困死王彥章」的一段有聲有色的爭鬥，當由此劇演變而來。）（今佚）

朱全忠五路犯太原（今佚）

李嗣源復奪紫泥宣（今佚）

飛虎峪存孝打虎（今佚）

壓關樓疊掛午時牌（今佚）

彷彿皆是以李存孝及王彥章的故事為中心似的；大約在講唱五代故事裡，其最有聲色的，除劉知遠、李三娘的悲歡離合之外，便要算是存孝、彥章的戰跡了。關於存孝、彥章事當是「鐵騎兒」的一流，而劉知遠事則另闢一格，大類「煙粉」故事。《劉知遠諸宮調》的離開了《五代史諸宮調》而獨立，當是此故吧。在石君寶的《諸宮調風月紫雲亭》劇裡，我們也可明白看出，五代史諸宮調乃是「鐵騎兒」。

七國志諸宮調　無名氏作

七國故事沒有三國和五代的故事那末風行，然孫、龐鬥智，樂毅圖齊，亦復為職業的說唱人所豔稱。元人所刊《全相平話五種》，中有《樂毅圖齊七國春秋後集》一種，由其開卷所敘推之，則其「前集」當必為「孫、龐鬥智」的故事。今日流行之前後《七國志》（亦名《劍鋒春秋》），所敘亦孫、龐及樂毅諸人事，不過更加上了始皇滅六國的一段總結帳耳。《也是園書目》所載關於「春秋故事」的無名氏雜劇中，有：《後七國樂毅圖齊》一本，其所演述者當與那部同名的元人平話不會相差很遠的。元人的《樂毅圖齊》平話，支蔓荒誕，鬼話連篇；以明人的《封神傳》較之，封神還覺得荒唐得不夠到家呢。《七國志諸宮調》所述，或不至於那末離奇得可笑的罷。

趙貞女諸宮調　無名氏作

王伯成《天寶遺事引》裡有「不比送君南浦，待月西廂」語。「待月西廂」，自然是人人所知的董解元的《西廂記諸宮調》，「送君南浦」當也會是趙貞女、蔡二郎的故事罷。今《琵琶記》有《南浦送別》一齣，是常見之於劇壇上的東西。趙貞女、蔡二郎的戲文，今已絕不可得見，然就各書（像《南詞敘錄》）所述，知其情節與今傳《琵琶記》相差得不甚遠。是則「南浦送別」的事，或是「古已有之」的罷。

趙貞女、蔡二郎事，南宋已甚流行於世，故陸放翁有：「斜陽古柳趙家莊，負鼓盲翁正作場。死後是非誰管得，滿街聽唱蔡中郎」詩。《輟耕錄》所載「院本名目」裡，也有：《蔡伯喈》一本，是蔡二郎的故事，未必沒有更侵入諸宮調的領域內的可能。

張協狀元諸宮調　無名氏作

這部諸宮調的一段，已見於《張協狀元戲文》的開卷。唯世間究竟有無這部諸宮調出現過，則為不可知的事。或竟是《張協狀元戲文》的作者故弄玄虛，特地要換換聽眾的口味，故而「出奇致勝」的在戲文的開場，說唱這一段諸宮調罷。這是很有可能的事。

以上十六種的諸宮調，加上了《西廂》、《劉知遠》和《天寶遺事》便共有十九種了。假如這十九種諸宮調全部流傳於世，那不是一件什麼細小的事；中國文學史或將因之而有所改觀呢。我們不能沒有希望：於現存的三種之外，或將更有第四種、第五種、第六種……為我們所發見的罷——不管在上述的十幾種名目以內或以外，將都會是文學史上極重大的消息。

十五

諸宮調的影響——在寶卷上——元雜劇的全般受到——個人獨唱——旦本與末本——探子報告的性質——曲調上的影響

諸宮調的影響，在後來是極偉大的；一方面把「變文」的講唱的體裁，改變了一個方向，那便是不襲用「梵唄」的舊音，而改用了當時流行的歌曲來作彈唱的本身。這個影響在「變文」的本身上，幾乎也便倒流似的受到了。我們看「變文」的嫡系的兒子「寶卷」，在襲用了「變文」的全般體格之外，還加上了《金字經》，《掛金索》等等的當時流行的歌曲（今日所見的寶卷，以作者所藏的元、明間鈔本的《目蓮救母出離地獄升天寶卷》為最古，其中曾雜用《金字經》、《掛金索》二調），這不能不說是諸宮調所給予的恩物或暗示。本該是以單調的梵唄組成的《諸佛名經》等等，今所見的永樂間刊本，卻全是用浩瀚的歌曲組織成功的。這大約也是受有諸宮調的暗示的可能。在南戲方面，諸宮調也頗有所給予（參看王國維的《宋元戲曲史》第十四章）。

但諸宮調的更為偉大的影響，卻存在元人雜劇裡。元代雜劇、宋代的「雜劇詞」並非一物。這在我的幾篇論文裡，已屢次說到（參讀作者的《雜劇起源論》一文，又《宋元明戲劇的演進》一書〔《中國歷史叢書》之二〕，惜此二文均未印出）。就文體演進的自然的趨勢看來，從宋的大曲或宋的「雜劇詞」而演進到元的「雜劇」，這其間必得要經過宋、金諸宮調的一個階段；要想躐過諸宮調的一個階段幾乎是不可能的。或者可以說，如果沒有諸宮調的一個文體的產生，為元人一代光榮的「雜劇」，究竟能否出現，卻還是一個不可知之數呢。

元人雜劇，在體制上所受到的諸宮調的影響，是極為顯著的。我們都知道，諸宮調是由一個人彈唱到底的，有如今日流行的彈詞鼓詞。凡是這一類的有曲有白的講唱的敘事詩，從最原始的變文起，到最近尚在流行的彈詞鼓詞止，幾乎沒有一種不是「專以一人」、「念唱」的。這既已在上文說得很明白。這一點，在元人雜劇裡便也維持著。元劇的以正末或正旦獨唱到底的體裁是最可怪的，與任何國的戲曲的格調都不相同，與任何種的文體也俱不同類。但卻獨與諸宮調的體例極為符合。宋代的雜劇詞或大曲是否為一人獨唱，今不可知。以理度之，或有一人獨唱的可能。但其對於元劇的影響卻是很微細的。如果元劇的旦或末獨唱到底的體例是有所承襲的話，則最可能的祖禰，自為與之有直接的淵源關係的諸宮調。戲曲的元素最重要者為對話，而元劇則對話僅於道白見之，曲詞則大多數為抒情的一人獨唱的。雖亦有與道白相對答的，卻絕無二人對唱之例。這種有對白而無對唱的戲曲，誠然是前無古人後無來者的。宋、元的戲文，其體例便與之截然不同。但這體例，這格式，絕不會從天上落下來的。諸宮調的那個重要的文體，恰好足以供給我們明白元劇所以會有如此的格例之故。更有趣的是：在宋、金的時候講唱諸宮調者，原有男人，有女人。元人雜劇之有旦本（即以正旦為主角，獨唱到底者），有末本（即以正末為主角，獨唱到底者），也當與此有些重要的關係罷。否則，在旦末並重的情節的諸劇裡，為何旦末始終沒有並唱的呢。

僅有一點，元人雜劇與諸宮調是不同的；即前者的唱詞是代言體或以第一身的口吻出之的，後者的唱詞卻是第三身的敘述與描狀。但即在這一點上，元劇也還不曾「數典忘祖」。在好些地方，能夠用第三身的敘狀的時候，元劇的作者便往往的要借用第三身的口吻出之。這種格局，不僅在表演舞臺上不能或不便表現的情狀時用之，即舞臺上盡可表演的，也還要用到它。最明顯的例子，像描狀兩個武士狠鬥的情形，元劇作者們總要借用像探子的那一流人物的報告（此例，元劇中最多，像尚仲賢的《尉遲恭單鞭奪槊》、《漢高祖濯足氣英布》等等皆是）。又無名氏的《貨郎擔》一劇（見《元曲選》），其第四節正旦所唱的《九轉貨郎兒》一套，更是正式的敘事歌曲，與諸宮調的格調無甚歧異的了。

在歌曲的本身，諸宮調所給予元劇的影響尤為重大。《錄鬼簿》在董解元的名字之下，注云：

以其創始，故列諸首云。

其意，大概是說，董解元為北曲的「創始」者，故列他於「前輩名公有樂章傳於世者」之首。《太和正音譜》也說：「董解元，仕於金，始制北曲。」其實，董解元雖未必是唯一的一位北曲的「創始」者，他和其他的諸宮調的諸位作者們，對於北曲的創作卻是最為努力、最為有功的，如果在北曲創作的過程裡，沒有那幾位諸宮調的作者們出現，其情形一定是很不相同的，或者竟難能有所謂北曲的一體出現於歌壇上也說不定。

我們先看，在《西廂記諸宮調》裡，所用的曲調，除「尾」不計外，共計有一百三十九種。見用於北曲中者竟占四十九種之多。換一句話，即每三調裡必有一調流傳下來。這可見北曲與諸宮調之間，其關係是如何的密切。

下表是北曲所沿用的《西廂記諸宮調》中的曲調名目：

仙呂	賞花時　點絳唇　勝葫蘆　天下樂
南呂	瑤臺月　一枝花　應天長
黃鐘	侍香金童　喜遷鶯　四門子　柳葉兒　快活年　出隊子　黃鶯兒 降黃龍　刮地風　賽兒令　神仗兒
中呂	牆頭花　牧羊關　喬捉蛇　石榴花　迎仙客　粉蝶兒　踏莎行
正呂	應天長　甘草子　脫布衫　梁州
大石調	伊州滾　驀山溪　玉翼蟬　還京樂
般涉調	哨遍　耍孩兒　牆頭花　急曲子　麻婆兒
高平調	牧羊關
商調	玉抱肚　文如錦
越調	鬥鵪鶉　青山口　雪裡梅
雙調	豆葉黃　攪箏琶　慶宣和　文如錦　月上海棠

我們再看《劉知遠諸宮調》。就這部殘缺到一半以上的諸宮調的「殘本」看來，其所載的曲調，除「尾」外，凡四十八種，卻竟有二十種是為北曲所沿用的，即其曲調流傳於北曲中者竟占百分之四十一．六以上（王伯成的《天寶遺事諸宮調》作於元代，與元劇及散套相同之處更多，故這裡不舉）。茲並列一表於下：

仙呂	六幺令　勝葫蘆
南呂	瑤臺月　一枝花　應天長
黃鐘	願成雙　快活年　出隊子
中呂	柳青娘　牧羊關
正宮	應天長　甘草子
大石調	伊州令　玉翼蟬
般涉調	牆頭花　耍孩兒　哨遍
商調	玉抱肚
越調	踏陣馬
雙調	喬牌兒

這與唐、宋「詞調」實際上應到北曲裡的成數之少的事實，比勘起來，誠足以令人吃驚於諸宮調與元雜劇之間的關係的密切。這還是單就曲調一面而言。若就所謂套數而

立論，則使我們更感覺到這層的關係。

諸宮調的套數，結構頗繁，而承襲之於北宋時代的唱賺的成法者尤多，這在上文也已說明過。唱賺的曲調組成法，有纏令、纏達二種。纏令最流行於諸宮調裡。纏達較少，像《西廂記諸宮調》卷三所載的一套《六幺實催》，《劉知遠諸宮調》第一「則」所載的《安公子纏令》大約都是的罷。像這兩種的套數的組成法，今見於諸宮調裡者，究竟是否與唱賺的成法完全相同，已不可知。然若與元劇的套數較之，則元劇套數的組成法之出於諸宮調卻是彰彰在人耳目間。諸宮調的套數短者最多；於纏令、纏達外，其餘各套，殆皆以一曲一尾組成之，像：

〔中呂調〕牧羊關……尾

——見《劉知遠諸宮調》第二

這似乎在北曲裡較少見到。然其實，諸宮調在這個所在，其所用之曲調，殆皆為同調二曲之合成，有如「詞」的必以二段構成，或如南北曲的換頭、前腔或幺篇。故上面的一套也可以這樣的寫法：

〔中呂調〕牧羊關……幺……尾

以這樣簡單的曲調組成的套數，在元人裡也不是沒有，像：

〔般涉調〕哨遍……急曲子……尾聲

——《北詞廣正譜》九帙引朱庭玉《喚起瑣窗》套

至於「纏令」則大都較長，至少連尾聲總有三支曲調，加上幺篇也至少有四支至五支曲調。像《西廂記諸宮調》卷四的《侍香金童纏令》：

〔黃鐘宮〕侍香金童纏令……雙聲疊韻……刮地風……整金冠令……賽兒令……柳葉兒……神仗兒……四門子……尾

則簡直可以與元劇裡最長的套數相頡頏的了：

〔越調〕鬥鵪鶉……紫花兒序……小桃紅……東原樂……雪裡梅……紫花兒序……絡絲娘……酒旗兒……調笑令……鬼三臺……聖藥王……眉兒彎……耍三臺……收尾

——楊梓《豫讓吞炭》劇

〔黃鐘宮〕醉花陰……喜遷鶯……出隊子……刮地風……四門子……古水仙子……寨兒令……神仗兒……幺……掛金索……尾……側磚兒……竹枝歌……水仙子

——鄭德輝《倩女離魂》劇

這數套，其曲調之數都是在十支以上的。若楊顯之的《瀟湘夜雨》劇內：

〔黃鐘宮〕醉花陰……喜遷鶯……出隊子……幺……山坡羊……刮地風……四門子……古水仙子……尾聲

楊顯之的《酷寒亭》劇內：

〔雙調〕新水令……沉醉東風……喬牌兒……七兄弟……梅花酒……收江南……尾聲

關漢卿《切膾旦》劇內：

〔雙調〕新水令……沉醉東風……雁兒落……得勝令……錦上花……幺……清江引

等套，其曲調皆在十支以內，其格律是更近於諸宮調內所用的各套數的了。

至於纏達的一體，也曾經由諸宮調而傳達於元劇的套數裡。直接的像那末除一引一尾外，中間「只以兩腔遞且循環間用」者，元劇裡原是不多；然在正宮裡的許多套數的組織裡，我們還很明顯的看出這個影響來。試舉關漢卿的《謝天香》劇為例：

〔正宮〕端正好……滾繡球……倘秀才……滾繡球……倘秀才……窮河西……滾繡球……倘秀才……呆骨朵……倘秀才……醉太平……三煞……煞尾

其以《滾繡球》、《倘秀才》二調「遞且循環間用」，正是纏達的方式。不僅漢卿此劇這樣。凡《正宮端正好》套，用到《滾繡球》及《倘秀才》幾莫不都是如此的「遞且循環間用」的，唯其中並用《窮河西》，《醉太平》等等他曲，則與纏達有不盡同者，此蓋因中間已經過諸宮調的一個階段之故。

大抵連結若干支曲調而成為一部套數，其風雖始於大曲（或雜劇詞）及唱賺，而發揮光大之，使之成為一種重要的文體者則為諸宮調無疑。元劇離開北宋的大曲及唱賺太遠。其所受的影響，自當得之於諸宮調而非得之大曲及唱賺（王伯成《天寶遺事諸宮調》，其套數的組成法，已轉受元劇的若干影響，故這裡不著）。

最後，更有一點，也是諸宮調給予元雜劇的不可磨滅的痕跡；那便是，組織幾個不同宮調的套數，而用來講唱（就元雜劇方面說來，便是扮演）一件故事。在大曲或唱賺裡，所用的曲調唯限於一個「宮調」裡的；他們不能使用兩個宮調或以上的曲子來連續唱述什麼。但諸宮調的作者們卻更有弘偉的氣魄，知道連結了多數的不同宮調的套數，供給他們自由的運用。這乃是諸宮調所特創的一個敘唱的方法。這個方式，在元雜劇裡便全般的採用著。雜劇至少有四折，該用四個不同宮調的套數；但像王實甫的《西廂記雜劇》，吳昌齡（？）的《西遊記雜劇》，劉東生的《嬌紅記雜劇》等，其卷數在二卷以上者，則其所需要的不同宮調的套數，往往是在八個乃至二十幾個以上的。這全是諸宮調的作者們給他們以模式的。

以上所述，係就雜劇受到諸宮調影響的各個單獨之點而立論，其實，那些影響原是整個的，不可分離的，不可割裂的。元雜劇是承受了宋、金諸宮調的全般的體裁的，不僅在支支節節的幾點而已；只除了雜劇是邁開足步在舞臺上扮演，而諸宮調卻是坐（或立）而彈唱的一點的不同。我們簡直可以說，如果沒有宋、金的諸宮調，世間便也不會出現著元雜劇的一種特殊的文體的。這大約不會是過度的誇大的話罷。鍾嗣成、涵虛子敘述北雜劇，都以董解元為創始者。這是很有見地的。不過以董解元的一人，來代替了自孔三傳以下的許多偉大的天才們，未免有些不公平耳。

本文的草成，為力頗劬。文中各表，皆不是幾天工夫所能寫就的。諸宮調的研究，除王國維氏引其端外，今代尚未有他人著手。本文或足為後來研究者的一個比較有用的參考物罷。

再者，本文將近草成，趙斐雲先生又示我以日本青木正兒氏所著的《劉知遠諸宮調考》一文。「逃空虛者聞人足音跫然而喜」。真想不到恰於此時而有此一位同調的異國人在也！斐雲云：我們所傳錄的《劉知遠諸宮調》也係由青木氏之手而得。果爾，則誠當有「同氣相求之感」焉！青木氏文中，精闢之見不少，惜不及引入本文中，這是很可惜的事。關於《劉知遠諸宮調》的年代問題，青木氏以為要比《董西廂》為古，這結論頗使我心折。

一九三二年六月十一日於北平。

盛世新聲與詞林摘豔

盛世新聲與詞林摘豔

一

在《雍熙樂府》未刊行之前，選錄南北曲最富的曲集，要算是《盛世新聲》和《詞林摘豔》了。楊朝英《陽春白雪》十卷，載套數五十餘章，小令四百餘闋；他的《太平樂府》九卷，載套數一百三十餘章，小令若干闋。其他像《樂府群玉》（五卷），《樂府新聲》（三卷）等等，則所錄更少了。錢大聽《補元史・藝文志》著錄無名氏南北宮詞十八卷，《中州元氣》十冊，似卷帙較多，卻絕不可得見，不知所載元人曲究有若干篇。

第一次著錄《盛世新聲》和《詞林摘豔》的書，當為明高儒的《百川書志》：

盛世新聲九宮曲九卷

盛世新聲南曲一卷

盛世新聲萬花集一卷

大明武宗正德年人編，三集總大曲四百餘章，小令五百餘闋。

詞林摘豔南北小令一卷

詞林摘豔南九宮一卷

詞林摘豔北八宮八卷

嘉靖乙酉吳江張祿校集；以《盛世新聲》博取欠精，速成多誤，復正魯魚，損益新舊小令，百九南調，百七十有七北調，南九宮五十三，北八宮兼別調二百七十八。詞林之精備者。

高儒編輯此書目的時代，在嘉靖間，蓋和《詞林摘豔》的編者張祿同時；離開正德——《盛世新聲》的編輯時代——也不過二十餘年。崇禎間，黃虞稷撰《千頃堂書目》也著錄：

盛世新聲九宮曲九卷，又南曲一卷，又萬花集一卷，正德中人所編，不知名氏。

張祿詞林摘豔北八宮八卷，又南九宮一卷，又南北小令一卷，吳江人。

錢遵王《也是園書目》亦著錄：

詞林摘豔十卷

盛世新聲十二卷

高儒和黃虞稷都以為《盛世新聲》是十一卷，獨錢遵王作十二卷，正和今日所見諸本合。

清初，庭臣們纂修《明史》，其《藝文志》全據《千頃堂書目》，而獨削《新聲》、《摘豔》諸書不載。自此以後，《新聲》、《摘豔》便不復為人所知。諸清代藏書家書目，也無復有著錄之的。不料消聲匿跡二百五六十年後，忽復先後出現於人間。使我們有機會對於元、明間的散曲作一番更精密的研究，這不能不說是我們的幸運！

《詞林摘豔》的出現，似先於《盛世新聲》。吳瞿安先生最著急於曲集的收藏，我很早便知道他藏有此書。後來他將所藏交涵芬樓刊為《奢摩他室曲叢》，《摘豔》亦收入《曲叢》中，始得為我所讀到。我到北平，曾懇諸主藏者將《摘豔》及沈璟的《南詞韻選》

二書見假。幸獲假得，置之案上者近一年，均得錄副（北平圖書館也由我那裡錄一副本而去）。一二八之役，涵芬樓及其所藏，胥化為灰燼，吳氏藏曲也多半失去，致瞿安先生有「曲者不祥之物也」之嘆。然此二書獨以伴我北去而獲全。吳氏所藏《摘豔》，為張祿原刊本（刊於嘉靖乙酉），最為罕見，聞他又藏有他本，為萬曆間（？）徽藩所刊。惜未獲讀，不知有無歧異處。

我最初見到的一本《盛世新聲》為周越然先生得之中國書店者；凡十二卷，有南北小令二卷，而無《萬花集》的名目。曾向越然先生假得，窮二月之力，將其與《詞林摘豔》及《雍熙樂府》不同處，一一錄出。用力至劬，而自覺不為無益。

後來，在北平故宮博物館圖書館又見到萬曆二十四年內府重刊的《盛世詞調》（即《盛世新聲》）及萬曆二十五年重刊的《詞林摘豔》二書。前年，內府重刊本的《詞林摘豔》曾出現一部，為琉璃廠邃雅齋所得。頗思獲得之，而終歸北平圖書館，心裡殊為耿耿！而同時劉氏嘉業堂所藏《重刊增益詞林摘豔》也影印了出來。去年春天，到了上海，在商務印書館藏書室裡，獲睹福州龔氏大通樓所藏殘本《盛世新聲》，後竟附有《萬花集》二卷，為之大喜欲狂！雖在上海僅有數日留，而不惜費一個整天的工夫，將《萬花集》全部錄目而去。至是，關於《新聲》、《摘豔》二書，乃有充分的材料，足以供我們作比勘的研究了。

二

《新聲》、《摘豔》的關係究竟如何呢？我們都知道《摘豔》是增刪《新聲》而編成的。但其間，有多少的歧異呢？且此二書，坊間每多偽本，往往張冠李戴，將《摘豔》數卷混入《新聲》，或名為《新聲》而實則仍為《摘豔》。這種種都有待於仔細的比勘與精密的研討的。

先講《盛世新聲》。

高儒和黃虞稷都以為《盛世新聲》為正德間人所編，不知名氏。周氏藏本，有《新聲引》：

夫樂府之行，其來遠矣。有南曲北曲之分。南曲傳自漢、唐，北曲由遼、金、元至我朝大備焉。皆出詩人之口，非桑間濮上之音，與風雅比興相表裡。至於村歌裡唱，無過勸善懲惡，寄懷寫怨。予嘗留意詞曲，間有文鄙句俗，甚傷風雅，使人厭觀而惡聽。予於暇日，逐一檢閱，刪繁去冗，存其膾炙人口者四百餘章，小令五百餘闋，題曰《盛世新聲》，命工鋟梓，以廣其傳。庶使人歌而善反和之際，無聲律之病焉。時正德十二年歲在強圉赤奮若上元日書。

在這「引」裡，編者自己不署名。張祿序《詞林摘豔》云：「正德間，裒而輯之為卷，名之曰《盛世新聲》」，也不說是什麼人編的。劉楫為《摘豔》作序，則云：「頃年，梨園中人，搜輯自元以及我朝，凡辭人騷客所作長篇短章，並傳奇中奇特者，宮分調析，萃為一書，名曰《盛世新聲》，版行已久。」這裡只斷定了是梨園中人所輯，也沒有說出主名來。龔氏《大通樓書目》著錄此書，作：

盛世新聲二十卷，明戴賢刊本，白綿紙。

但原書題的是：

樵仙、戴賢、愚之校正刊行。

則刊行者仍不知其名氏；戴賢乃是為之「校正」的。高儒離《新聲》的編成，不過二十餘年；張祿序《摘豔》時，離《新聲》的刊行，只有八九年。在那時候已經不知道編刊者的名氏，現在更是「文獻無徵」。但我們若將「校正」者的戴賢即作為編者，當不會是很冒昧的。

《盛世新聲》的版本，今知者有：

（一）有「正德十二年序」本；

此本十二卷全，今藏周越然先生處；初以為必是正德間原刊本。但有二可疑處：（1）通體卷帙不一律，或作「子集」、「寅集」、「亥集」，或作「卷之四」、「卷之五」、「卷之七」、「卷十一」；（2）全部本無各曲作者名氏及劇曲原名，但到了末後數卷，忽增入作者名氏及雜劇名目。故疑是明代翻刻者將《盛世新聲》原書卷帙闕失處，補以《摘豔》作為全書刻出。更有一旁證：凡增入作者名氏及劇名的數卷，其內容文句也和《摘豔》竟無兩樣。刊工草率。

（二）正德間戴賢校正本；

此本今藏福建龔氏大通樓，殘存南曲一卷；正宮、仙呂、中呂、南呂、雙調、越調、商調各一卷；《萬花集》二卷；闕黃鐘一卷；大石調一卷。此本疑為原刊本，正符《百川書志》及《千頃堂書目》所著錄的「九宮曲九卷，南曲一卷」之數，且《萬花集》自成一部分，別立名目，也正相合（唯卷數是二卷，非一卷；疑百川、千頃堂諸目誤）。刊工至精。

（三）重刊盛世詞調本；

此為萬曆二十四年，內府所刊，刊工甚精，今藏故宮博物院圖書館，凡分「子丑寅卯」等十二集。

（四）張祿輯盛世新聲本；

今藏北平圖書館，凡十二卷，嘉靖刻本；中雜《詞林摘豔》若干卷，而將中縫挖改重印，故將《新聲》竟作為「張祿輯」的了。此是偽本，最不可據。

除了第四本不必注意之外，其餘三本都可加以仔細的比勘。

（1）「子集」正宮，周氏藏本凡錄《端正好》「享富貴受皇恩」以下套數三十章。

戴賢校本同上。

《詞調》本同上。

(2)「丑集」黃鐘宮，周氏藏本凡錄《醉花陰》「國祚風和太平了」以下套數二十五章。

戴賢校本闕此卷。

《詞調》本同周藏本。

(3)「寅集」大石調，周氏藏本凡錄「空外六花番」以下套數十四章。

戴賢校本闕此卷。

《詞調》本同周藏本。

(4)「卯集」仙呂，周氏藏本凡錄「花遮翠擁」以下套數二十七章。

戴賢校本同上。

《詞調》本同上。

(5)「辰集」中呂，周氏藏本凡錄「裹帽穿衫」以下套數三十一章。

戴賢校本同上。

《詞調》本同上。

(6)「巳集」南呂，周氏藏本凡錄「皇都錦繡城」以下套數五十三章。

戴賢校本同上。

《詞調》本同上。

（7）「午集」雙調，周氏藏本凡錄「碧天邊一朵瑞雲飄」以下套數三十三章。

戴賢校本同上。

《詞調》本同上。

（8）「未集」越調，周氏藏本凡錄「四海安然」以下三十二章。

戴賢校本凡錄三十四套。

《詞調》本同戴本。

這一集，周本最可怪，每套下皆註明作者及題目，且全同《摘豔》所注者。疑係《盛世》原版闕失，故以《摘豔》版拼合補足之。

（9）「申集」商調，周氏藏本凡錄「黃梅細絲江上雨」以下套數三十三章。

戴賢校本同上。

《詞調》本同上。

（10）「酉集」南曲，周氏藏本凡錄「喜逢吉日」以下套數四十六套。

戴賢校本僅有三十六套，疑此本闕失了一部分。《詞調》本亦為四十六章。

(11)「戌集」，周氏藏本凡錄《南呂一枝花》「絲絲楊柳風」以下套數十二章，《普天樂》「洛陽花，梁園月」以下小令一百四十九闋（周氏藏本南北小令名目，亦不另立其他名目）。

戴賢校本此集為《萬花集》前卷，當是原本的面目。《詞調》本（作亥集）凡錄曲牌五十一個，小令數目當時未及記下（原書在北平，未能查考）。

(12)「亥集」，周氏藏本（南北小令不分，亦不另立其他名目）凡錄《折桂令》「想多情，恨殺薄情」以下南北小令三百五十九闋。

戴賢校本此集作《萬花集》後。《詞調》本（作戌集）凡錄曲牌五十三個，小令數目未詳（當時未及錄下）。《詞調》本「戌」、「亥」二集，當係將《萬花集》前後卷裡的南北小令，清理出來，將南小令及北小令分別各列一集；當時翻刻此書時，必受到《摘豔》影響很大。

把上面各本的異同比勘了一下之後，我們可以知道，《新聲》十二卷的面目，是各本大致相同的。周氏藏本及《詞調》本雖無《萬花集》的名目，但《萬花集》全部實已包含於其中。我們嘗憾不得一見所謂《萬花集》者，今則，此謎可以釋然了。假如我們不發見了戴賢本《新聲》，這個結論是永遠不會得到的。綜上三本《盛世新聲》的內容，我們可以知道，凡包括：

九宮曲九卷，計套數二百七十八章；

南曲一卷，計套數四十六章；

以上共套數三百二十四章；

《萬花集》二卷，計套數十二章，小令五百零八闋，和原序所謂：「存其膾炙人口者四百餘章，小令五百餘闋」，及《百川書志》所謂：「三集總大曲四百餘章，小令五百餘闋」者略有不符。今本小令固有「五百餘闋」，而套數（大曲）則各本皆僅「三百二十四章」，和所謂「四百餘章」者，相差甚遠。或係編者所謂「四百餘章」，乃是舉其「成數」，誇大的言之歟？

《萬花集》內容最為複雜，錄小令，也錄套數，疑原係獨立的一書，被《新聲》編者采來附錄於後的。

三

《盛世新聲》編刊於正德十二年，但過了九年（嘉靖四年），張祿的《詞林摘豔》便也刊行了。

《詞林摘豔》只有十卷，但在實際上其篇幅是不比《盛世新聲》少的；《新聲》裡《萬花集》分前後二集，《摘豔》卻把她合併為「南北小令」一卷了。

編《摘豔》的張祿，其名氏是不大為人所知的。《百川書志》以他為吳江人，他自己也自署為「東吳張祿」，自序末，又有一塊圖章，字為「吳江主人」。劉楫為《摘豔》作序云：

康衢擊壤之歌，樂府之始也。漢魏而下，則有古樂府，猶有餘韻存焉。至元、金、遼之世，則變而為今樂府。其間擅場者如關漢卿、庾吉甫、貫酸齋、馬昂夫諸作，體裁雖異，而宮商相宣，皆可被於弦竹者也。我皇明國初，則有谷子敬、湯舜民、汪元亨諸君子，迭出新妙。連篇累牘，散處諸集，好事者不能遍觀而盡識，往往以為恨。頃年梨園中搜輯自元以及我朝，凡辭人騷客所作長篇短章，並傳奇中奇特者，宮分調析，萃為一書，名曰《盛世新聲》，版行已久。識者又以為泥文彩者失音節，諧音節者虧文彩。下此，則又逐時變，競俗趨，不自知其街談市諺之陋，而不見夫錦心繡腹之為懿。吳江張均天爵，好古博雅之士，間嘗去其失格，增其未備，訛者正之，脫者補之，粲然成帙，命之曰《詞林摘豔》。將繡梓以傳，而求序於余。余嘉其志勤而才贍也。使此集一出，江湖遊俠，長安豪貴，欲求樂府之淵藪，一覽可見，豈不為大快哉！故不辭而為之序。時嘉靖乙酉歲仲秋上吉野舟劉楫識。

這序裡，對於張祿的生平，並沒有給我們以多少的光明，只知道他字天爵，是一位「好古博雅之士」。吳子明的後跋云：

《詞林摘豔》一書，命名者取其收之多而擇之精也。野舟劉子序之詳矣，余復何言。然觀其所載，固多桑間濮上之音，而閨閣兒女之言，亦有托此諭彼之旨；間又有忠臣烈士，信友節婦，形容宛轉，雜出於其間，皆可以興發懲戒，有關於風化，不獨為金樽檀板之佐而已。此則集書者之微意。故於末簡跋而出之。

皇明嘉靖乙酉中秋前一日，康衢道人吳子明書於南華軒中。

這跋更怪，連「集書者」的名氏都不曾表白出來。難道張祿乃是一位書估之流的人物，故學士大夫們便不屑提及其姓氏麼？張祿自己的序，也只是敘其成書的經過，俾觀者「幸憐其用心之勤，恕其狂妄之罪」。

他家裡似是很有些財產的，有所謂友竹軒，汙隱軒，蒲東書舍諸建築，故他又自號友竹山人、蒲東山人。我們所知道的他的生平，僅此而已。《重刊增益詞林摘豔》上面，另有他一篇序，末署「吳江中汙張祿天爵」，則他的軒名汙隱，是從中汙這個地名出來的。

《詞林摘豔》的版本，今知者有：

（一）嘉靖乙酉（四年）張氏原刊本，凡分甲、乙等十集，每集有小引一篇。今藏長洲吳氏。此是原刊本，最精工可靠（每頁二十行，行二十字）。

（二）嘉靖己亥（十八年）張氏「重刊增益」本，分十卷，無小引。今藏吳興劉氏嘉業堂（每頁二十四行，行二十四字）。

（三）萬曆間（？）徽藩刊本（未見），今藏長洲吳氏。

（四）萬曆二十五年內府重刊本（每頁十八行，行二十一字）。

今有兩本，一藏故宮博物院圖書館，一藏北平圖書館。

第二本，即所謂張氏自己（重刊增益）本，頗可疑。其序也和嘉靖乙亥刊本大同小異：

《詞林摘豔序》

今之樂，猶古之樂，殆體制不同耳。有元及遼、金時，文人才士，審音定律，作為詞調。逮我皇明，益盡其美。謂之今樂府。其視古作，雖曰懸絕，然其間有南有北，有長篇小令，皆撫時即事，托物寄興之言。詠歌之餘，可喜可悲，可驚可愕，委曲宛轉，皆能使人興起感發，蓋小技中之長也。然作非一手，集非一帙，或公諸梓行，或祕諸謄寫。好事者欲遍得觀覽，寡矣。正德間，裒而輯之為卷，名之曰《盛世新聲》，固詞壇中之快睹。但其貪收之廣者，或不能擇其精粗，欲成之速者，或不暇考其訛舛。見之者往往病焉。余不揣陋鄙，於暇日正其魚魯，增以新調。不減於前謂之林，少加於後謂之豔，更名曰《詞林摘豔》，鋟梓以行。四方之人，於風前月下，侑以絲竹，唱詠之餘，或有所考，一覽無餘，豈不便哉！觀者幸憐其用心之勤，恕其狂妄之罪。時嘉靖乙酉仲秋上吉東吳張祿謹識。

《重刊增益詞林摘豔敘》

蓋聞今樂猶占樂也，殆體制有殊，音韻有別，故胡元、遼、金騷人墨客，詳審音律，作為九宮樂府。逮我皇明，益盡其美。亦有《太平樂府》，《昇平樂府》，使小民童稚，歌於閭巷，以樂太平之治化。作非一人，集非一手，或梓行謄錄，欲遍覽而寡矣。正德間，分宮析調，輯之為卷，曰《盛世新聲》，固詞壇中之快睹者。但貪收之廣而成之速，未暇詳考。見者病之。予又不揣鄙俗，即於暇日復證魯魚，增以新調，易之為《詞林摘豔》，行之亦久。況今時音有變，收覽未備，須少加焉。更名為《增益詞林摘豔》，命工鋟梓以行。與四方騷人墨士，去國思鄉，於臨風對月之際，詠歌侑觴，以釋旅懷，豈不便哉！見覽者幸勿以狂妄見咎！時嘉靖己亥仲春五日吳江中汙張祿天爵謹識。

這兩本刊行的時代相距十五年，張祿是頗有自加「增益」的可能的。但「增益」的編輯，便草率得多了；差不多加入的曲子大半是沒有作者的名氏的。我很懷疑這一本也許是書估冒名的東西。如果是張氏自加「增益」，那篇序不應該那末雷同；有許多話差不多都是重敘一遍的——雖然更易了幾字數語。

甲集「南北小令」；南小令原刊本凡錄一百零九闋；「增益」本則增加了一百零四闋，共有二百十三闋。北小令原刊本凡錄一百七十七闋；「增益」本闕。

乙集「南九宮」，原刊本凡錄套數五十三章，「增益」本則錄五十四章，增出了《香遍滿》「柳徑花溪」及《一江風》「景無窮」二章，而刪去了《繡帶兒》「乾坤定，民生遂養」一章。

丙集「中宮」，原刊本凡錄《粉蝶兒》「萬里翱翔」以下套數三十八章，「增益」本完全相同。

丁集「仙呂」，原刊本凡錄《點絳唇》「為照芳妍」以下套數二十九章，「增益」本凡錄三十四章，多出了：

（一）「發憤忘食」

（二）「國泰隆昌」

（三）「月令隨標」

（四）「穀雨初晴」

（五）「金谷名園」

等五章。

戊集「雙調」，原刊本凡錄《新水令》「燕山行勝出皇都」以下套數三十四章，「增益」本凡錄四十三章，多出了：

（一）「酒社詩壇」

（二）「朝也想思」

（三）「碧天邊一朵瑞雲飄」

（四）「鬱蔥佳氣靄寰區」

（五）「萬方齊賀大明朝」
（六）「花柳鄉中自在仙」
（七）「為紅妝曉夜病懨懨」
（八）「燕鶯巢強戀做鳳鸞帷」
（九）「枕痕一線界胭脂」

等九章。

己集「南呂」，原刊本凡錄《占春魁》「金風送晚涼」以下套數四十一章；「增益」本凡錄六十五章，多出了：

（一）「箭空攢白鳳翎」
（二）「海棠嬌膏雨滋」
（三）「心如明月懸」
（四）「玉溫成軟款情」
（五）「玳筵排翡翠屏」
（六）「霜翎雪握成」

（七）「恰三陽漸暖辰」
（八）「溫柔玉有香」
（九）「鋤瓜畦訪邵平」
（十）「雨堤煙柳垂」
（十一）「黃花助酒情」
（十二）「烏雲綰髻鴉」
（十三）「蜂黃散曉晴」
（十四）「眉粗翠葉凋」
（十五）「瘦身軀難打捱」
（十六）「瑤池淡粉妝」
（十七）「鴻鈞轉管莩」
（十八）「三春和暖天」
（十九）「久存忠孝心」
（二十）「珍奇上苑花」

（二十一）「休將斑竹題」
（二十二）「乾坤旺氣高」
（二十三）「草廈底茅庵小」
（二十四）「象牙床孔雀屏」
（二十五）「夷山風月情」
等二十五章，但刪去了原刊本裡的「月明滄海珠」一章。
庚集「商詞」，原刊本凡錄《河西後庭花》「走將來，涎涎鄧鄧冷眼兒睃」以下套數三十章；「增益」本凡錄四十章，多出了：
（一）「倚蓬窗，慘傷秋暮早」
（二）「萬方寧，仰賀明聖國」
（三）「想雙親，眼中流淚血」
（四）「乍離別，這場憔悴損」
（五）「金殿上，慶雲祥霧繞」
（六）「花影月移風弄柳」

（七）「柳眉攢，倦聽檐外鐵」
（八）「二十年錦營花陣裡」
（九）「貪慌忙棘針科抓住戰衣」
（十）「殿頭官恰才傳聖敕」

等十章。

辛集「正宮」，原刊本凡錄《端正好》「墨點柳眉新」以下套數三十五章，「增益」本凡錄三十四章，刪去了「享富貴受皇恩」一章。

壬集「黃鐘附大石調」，原刊本凡錄《黃鐘願成雙》「春初透，花正結」以下套數二十九章，又《大石調驀山溪》「冬天易晚」套數一章，共三十章，「增益」本凡錄套數三十二章，多出了：

（一）「滿腹內陰陰似刀攪」
（二）「日月長明興社稷」

等二章。

癸集「越調」，原刊本凡錄《鬥鵪鶉》「百歲光陰」以下套數三十五章，「增益」本凡錄三十六章，多出了：

（一）「舉意兒全別」

（二）「聖主寬仁」

等二章，但刪去了「講燕趙風流莫比」一章。

經過了仔細校勘之後，便可以斷定，這「增益」本決非張祿所編，那篇「序」也是假冒的。原來乃是某一位書估取《摘豔》的殘本而以《盛世新聲》的一大部分的東西併合了印出來的，故《摘豔》原有的反被刪去（或闕佚）一些，而《盛世新聲》有的卻往往都加入了；其每章多無題目及作者姓氏之處，也顯然是照鈔《盛世新聲》的。我很懷疑：這一位編者簡直不曾費力，乃是收買了《摘豔》和《新聲》的兩副殘版，合併了印出，而強冠以「增益詞林摘豔」之名以資號召的。但也有可能的是：《摘豔》刊行了之後，刪去了《新聲》裡的好些曲子，不為一部分的讀者所滿，故書估遂乘機再將《新聲》所有的，刊入於《摘豔》之內，而名之曰「增益」。張祿是一位很有眼力，很富學識的人，絕不會自己破壞了他自己的選擇的標準的。

第三種徽藩刊本，我未見，不知內容如何；至第四種內府重刊本，則內容又和原刊本及「增益」本不大相同，不僅所收曲子數目相殊，即其次序也前後不同；惜此書在北平，不能見到，難以再作仔細的比勘。

《摘豔》版本的問題，比《新聲》更為複雜；內府重刊本增出了曲子不少，不知依據何書采入。今所能執以和《新聲》作比較研究的，自當據張氏原刊本。把《摘豔》本身的版本問題，留待將來有機會再說。

四

《詞林摘豔》凡錄「南北小令」二百八十六闋，「南九宮」套數五十三章，「北九宮」套數二百七十二章；總凡套數三百二十五章，較之《盛世新聲》所載，小令減少了二百二十二闋，幾刪去了半數，套數則相差無幾。然其中或刪，或增，內容卻不大相同。

《摘豔》究竟刪去了些什麼呢？張祿評《新聲》道：「但其貪收之廣者，或不能擇其精粗，欲成之速者，或不暇考其訛舛。」則其所「去」者乃是其「粗」者，「訛舛」者或「失格」者。這刪去的南北九宮的套數部分，凡有六十五章，又《萬花集》套數四章：

(一)「南九宮」部分刪去《香遍滿》「柳徑花溪」及《一江風》「景無窮」二章；

(二)「仙呂」部分刪去「發憤忘食」，「國泰隆昌」，「月令隨標」，「穀雨初晴」，「金谷名園」等五章；

(三)「雙調」部分刪去「碧天邊一朵瑞雲飄」，「鬱蔥佳氣藹寰區」，「萬方齊賀大明朝」，「花柳鄉中自在仙」，「為紅妝，曉夜病懨懨」，「燕鶯巢強戀做鳳鸞帷」，「枕痕一線界胭脂」等七章；

（四）「南呂」部分，刪去了「箭空攢白風翎」，「海棠嬌膏雨滋」，「心如明月懸」，「玉溫成軟款情」，「玳筵排翡翠屏」，「霜翎雪握成」，「恰三陽漸暖辰」，「溫柔玉有香」，「鋤瓜畦訪邵平」，「雨堤煙柳垂」，「黃花助酒情」，「烏雲綰鬟鴉」，「蜂黃散曉晴」，「眉粗翠葉凋」，「瘦身軀難打捱」，「瑤池淡粉妝」，「鴻鈞轉管莩」，「三春和暖天」，「久存忠孝心」，「珍奇上苑花」，「休將斑竹題」，「乾坤旺氣高」，「草廈底茅庵小」，「象牙床孔雀屏」，「夷山風月情」等二十五章，算是刪得最多。

（五）「商調」部分，刪去了「萬方寧，仰賀明聖國」，「想雙親，眼中流淚血」，「乍離，別這場憔悴損」，「金殿上，慶雲祥霧繞」，「花影月移風弄柳」，「柳眉攢，倦聽檐外鐵」，「二十年錦營花陣裡」，「貪慌忙棘針科抓住戰衣」，「殿頭官恰才傳聖敕」等九章。

（六）「黃鐘附大石調」部分，刪去的也不少。「黃鐘」部分只刪了「滿腹內陰陰似刀攪」及「日月長明興社稷」二章；「大石調」部分則《盛世新聲》所錄「空外六花番」（《青杏子》）第十四章，只選了「冬天易晚」（《驀山溪》）一章，其餘十三章全被刪去。

（七）「越調」部分，刪去了「舉意兒全別」及「聖主寬仁」二章。

「正宮」和「中呂」兩集則沒有被刪去的。

在被刪去的曲子裡，盡有很好的，像《雙調新水令》「為紅妝，曉夜病懨懨」一章內的：

〔七弟兄〕這愁悶漸漸，旋添上眉尖；我將他模樣心坎兒上頻頻念，小名兒不住口中呫。相思病害煞何曾厭！

〔梅花酒〕任傍人語句兒拈，我也索等等潛潛，掐掐拈拈，眼角眉尖。到如今襖神廟烈火燒，藍橋下水沖渰，並頭蓮手內撏，隔紗窗透銀蟾，金錢卦懶去占。門半掩簇珠簾，消蘭麝倦重添。

像《南呂一枝花》「蜂黃散曉晴」、「眉粗翠葉凋」等都可算是絕妙好辭，不知張氏為什麼棄去了她們。但大部分被刪去的卻都還是些無謂的頌揚的和寫景應時的曲子，陳腐的情歌豔語，以及無病呻吟的「便休題半星兒蠅利蝸名」那一套的「休居樂府」式的文字。

在當時張氏選擇取捨的時候，是頗費苦心的；他有自己的眼光，自己的批評見解，自己的鑑賞標準；而對於曲律的「合格」與否，也是他的最主要的取捨之準的之一。就他所棄去的南北九宮部分的套數六十五章（占全書五分之二），《萬花集》裡的套數四章看來，我們可以知道張氏乃是一個正統派的批評家，最謹嚴的守著曲律，努力於保存典雅的作風，而排斥嘲笑粗野以及無聊的篇什的。但有一部分情辭，時令曲，頌聖語卻還不能完全去掉，恐怕這是因為：那些篇什傳唱頗盛，而《詞林摘豔》卻是供給歌唱者參考的書的緣故。

其實，一部分張氏所認為嘲笑、粗野，不登大雅的篇什，卻正是民間野生的最好的抒情歌曲。這一部分的被割棄，確是很可遺憾的。

五

《摘豔》所增入的「新調」究竟有多少呢？在「小令」部分，南小令增了些，而北小令則删得多而增得少。「套數」部分，增入的很不少，恰好可以和删去的數目略相等。

「南九宮」部分增入了九章：

（一）《山桃紅》「暗思金屋配合春嬌」
（二）《畫眉序》「元宵景堪題」
（三）《二郎神慢》「從別後正七夕」
（四）《畫眉序》「盛世樂昇平」
（五）《掛真兒》「鸞凰同聘」
（六）《風入松》「聖明君過禹湯」
（七）《香遍滿》「因他消瘦」
（八）《八聲甘州》「眠思夢想」

（九）《繡帶兒》「乾坤定，民生遂養」

這九章，像「暗思金屋配合春嬌」（無名氏散套），「因他消瘦，春來見花真個羞！羞問花時還問柳。柳條嬌且柔，絲絲不綰愁；幾回暗點頭，似嗔我眉兒皺」（陳大聲《春情》），都是寫得很深刻的；但像「元宵景堪題」，「盛世樂昇平」，「聖明君過禹湯」一類卻便是「應景」、「頌揚」一流的陳腐、無聊之作了。為了這一類「曲集」，原是供「四方之人，於風前月下，侑以絲竹，唱詠之餘，或有所考」的，故於這一類流行之曲便也不能不收入。

「中呂」部分，增入了七章：

（一）「萬里翺翔」

（二）「江景蕭疏」

（三）「皓月澄澄」

（四）「驕馬金鞭」

（五）「三弄梅花」

（六）「執手臨歧」

（七）「守道窮經度日」（《般涉調哨遍》）

「江景蕭疏」是元大都歌妓王氏作的散套，其中：

〔鬥鵪鶉〕愁多似山市晴嵐，泣多似瀟湘夜雨。少一個心上才郎，多一個腳頭丈夫。每日價茶不茶，飯不飯，百無是處；交我那裡告訴！最高的離恨天堂，最低的相思地獄。

一曲最為人所傳誦。「皓月澄澄」為無名氏《雲窗夢雜劇》第三折，「守道窮經度日」為明呂景儒散套（《莊子嘆骷髏》），都是很罕見的。

「仙呂」部分也增入了七章：

（一）「為照芳妍」

（二）「春光豔陽」

（三）「楊柳絲柔」

（四）「淑氣融融，柳吐煙」

（五）「月朗風清」

（六）「紅雨紛紛」

（七）「驕馬吟鞭」

「為照芳妍」，題作「十美人賞月」，元王伯成作，蓋即《天寶遺事》（諸宮調）裡的一章。

「雙調」部分增入了八章：

（一）「燕山行勝出皇都」

（二）「碧桃花外一聲鐘」

（三）「枕痕一線印香腮」

（四）「新夢青樓一操琴」

（五）「翠簾深護小房櫳」

（六）「霽景融和」

（七）「紫簫聲斷彩雲低」

（八）「有石奇峭本天成」

「南呂」部分增入了十二章：

（一）「金風送晚涼」
（二）「鳳臺寶鑑分」
（三）「風流誰可如」
（四）「裒香綿柳絮輕」
（五）「薔薇滿院香」
（六）「金風凋楊柳衰」
（七）「青山失翠微」
（八）「絲絲楊柳風」
（九）「月明滄海珠」
（十）「左右依兩壁山」
（十一）「西風昨夜生」
（十二）「風寒翡翠幃」
「商調」部分增入了六章：
（一）「走將來，涎涎鄧鄧冷眼兒睃」

（二）「憶吹簫玉人何處也」
（三）「剔團圞月明天似洗」
（四）「寒風布野」
（五）「瑣窗寒井梧秋到早」
（六）「碧天晴著殘秋漸交」
「正宮」部分增入了六章：
（一）「墨點柳眉新」
（二）「一枕夢魂驚」
（三）「不睹事折鸞凰」
（四）「一班兒扶社稷眾英賢」
（五）「正團圓成孤零」
（六）「美甘甘錦堂歡」
「黃鐘」部分增入了七章：
（一）「春初透花正結」

(二)「行李蕭蕭倦修整」
(三)「羞對鶯花綠窗掩」
(四)「窗外芭蕉戰秋雨」
(五)「殢酒簪花異鄉客」
(六)「春意融和鳳城裡」
(七)「破鏡重圓帶重結」

「越調」部分增入了五章：

(一)「百歲光陰」
(二)「院落春餘」
(三)「良友曾題」
(四)「燕燕鶯鶯」
(五)「講燕趙風流莫比」

以上共增入「南北九宮」六十七章。

這些「增入」的曲子，有許多是非常的重要的；有不見於其他曲集的東西；有已佚的雜劇殘文；也有許多無名氏的作品，原是最好的民歌，如果沒有張氏把他搜輯起來，到現在我們是永遠不會讀到的。但其中「中呂」的「驕馬金鞭」一章，「雙調」的「枕痕一線印香腮」、「新夢青樓一操琴」二章，「南呂」的「金風送晚涼」、「鳳臺寶鑑分」、「絲絲楊柳風」三章，「黃鐘」的「春初透花正結」一章，「越調」的「講燕趙風流莫比」一章，原來都是《萬花集》裡面所有的，張氏卻把它提到「北九宮」裡面去了。故實際上，他所增入者只有五十九章。

《萬花集》一部分，原是最雜亂無章的，有套數，也有小令；後集裡南北小令又混雜在一處，分別不開。張氏卻把它們仔細的清理一過，將套數提歸到前面應該歸列在那裡的地方；同時，將南北小令也各從其類，分了開來。這樣，眉目便清楚得多了。

茲將《新聲》和《摘豔》的增刪的關係，列一表如下：

	南北九宮											萬花集			
	正宮	黃鐘	大石調	仙呂	中呂	南呂	雙調	越調	商調	南曲	總計	套數	小令		總計
盛世新聲	29	25	14	27	31	53	33	34	33	46	325	12	前 19	後 359	508
詞林摘豔	35	30	1	29	38	41	35	35	30	53	326	（選8）（已計入前）	北小令 177	南小令 109	286
刪	0	2	13	5	0	24	7	4	9	2	65	4			
增	6	7	0	7	7	12	8	5	6	9	67				

六

關於「訛者正之」（張氏所謂「正其魯魚」）的部分，我曾經費了兩個月的工夫從事於此；將《摘豔》各曲和《新聲》字句不同處，一一為之校注出來。大抵張氏所改正者，以屬於訛字，或別字為最多。

「箏」張改正作「箏」（正宮）
「淅淅」張改正作「淅淅」（黃鐘，國祚風和）
「心懷悒怏」張改正作「心懷悒怏」（黃鐘，鴛鴦浦）
「自村量」張改正作「自忖量」（同前）
「解雨花」張改正作「解語花」（黃鐘，寶髻高盤）
「十二簾籠」張改正作「十二簾櫳」（仙呂，花遮翠擁）
「天心照鑑」張改正作「天心昭鑑」（仙呂，書來秦嬴）
「剛來札」張改正作「剛半札」（仙呂，嬌豔名娃）

「蒺藿」張改正作」、「藜藿」（中呂，裸帽穿衫）

「花須開榭」張改正作「花須開謝」（中呂，花落春歸）

「馬啼兒」張改正作「馬蹄兒」（中呂，鷹犬從來無價）

「酒廬」張改正作「酒爐」（越調，簑笠做交遊）

「望百蝶」張改正作「望百堞」（越調，帝業南都）

「重伊州」張改正作「重伊周」（南呂，心懷雨露恩）

「語善聲低」張改正作「語顫聲低」（南呂，整金蓮）

以上是隨意從校勘記裡舉出的十多個例子。那些訛字，在《盛世新聲》裡是觸處皆是的，這部書大約是梨園刻本，故訛字、別字不能免。張氏在這一方面盡了不少的改正之力。但《摘豔》也偶有刻錯的字，像：

「因信全無」、「波濤萬仗」（以上均見中呂，畫閣消疏）

「急急似漏網」（仙呂，秦失邦基）

「一般楊春」（仙呂，十載寒窗）

等等，那些錯誤都是顯然可見的。

其次，襯字的增刪或更改處也頗不少；唯在這一方面，是非卻很難講了。不知張氏所改，有無以其他善本為依據。如果僅憑個人的直覺的見解去臆改，那是很危險的。

「呀我則見」張無「呀」字（中呂，寶殿生涼）

「更那堪」張改作「捱不的」（中呂，銀燭高燒）

「強如俺那塵世好」張無「那」字（黃鐘，國祚風和）

「再誰想」張改作「何時再」（黃鐘，風擺青青）

「這些時琴閒」張無「這些時」三字

「則我這身心」張無「則我這」三字（以上南呂，風吹楚岫）

「你看那桃紅」張無「你看那」三字（南呂，花間杜鵑）

「怎對人呵暗沉吟」張無「怎對人呵」四字（商調，猛聽的）

「尋一個勝似你的」張無「尋一個……的」四字（商調，迤邐秋）

張氏對於「你看那」、「這些時」那一類的襯字，是頗不以為有什麼作用的，故都刪了去。這對於原文至少是不忠實——不必說是：去了這些襯字會失了什麼婉曲的韻味了。

在曲調一方面，張氏對於《盛世新聲》，也有增刪、更改及前後移動之處。

所謂增刪者，像南曲「幽窗下」裡，《盛世》僅作《十樣錦》一名，張氏明增出各曲調名；「群芳綻錦蘚」裡，張氏增出《么篇》一曲；《萬花集》「鳳臺寶鑑分」裡，張氏增出《罵玉郎》、《感皇恩》、《採茶歌》三曲。

所謂前後移動者，像南曲「花月滿春城」裡，第二《畫眉序》本在第一《神仗兒》之後，張氏則顛倒之。

所謂更改者，像「南呂」、「銀杏葉」尾聲，張氏作黃鐘尾聲；《萬花集》裡，有一《水仙子》，張氏改作《凌波仙》。南曲裡，「喜遇吉日」的尾聲，張氏改作「餘音」；「花底黃鸝」的尾聲，他也改作「餘音」。

張氏在這一方面的功罪不易論定。他難免沒有師心自用之處；這對於原文的完整的美，常要有所損害。好在原文具在，今日尚可加以比較，原文的真樸之美，尚不至於因經了潤飾之後而盡失其本來面目。——張氏所改尚少，他還可算是一位謹慎小心的編訂者；到了郭勛編刊《雍熙樂府》時，便不客氣的用大刀闊斧來增刪原文了。

七

張祿改訂《新聲》為《摘豔》，最有功者為加注作者姓氏及雜劇戲文名目的一點。楊朝英的《太平樂府》及《陽春白雪》均注出作者姓氏；涵虛子的《太和正音譜》於所引雜劇名目及散曲作者也均極仔細的一一注出。但像《新聲》和《雍熙樂府》等書，便只錄「曲」子，不問來歷了。作者的姓氏既全不注出，又喜亂改原文，於是有許多明明是元人的曲子，卻被硬生生的將「元」作「明」，儼然成為明人的著作了。又有許多雜劇既被埋沒了原名，又被妄增上「題目」，彷彿便變成了「散曲」。這些妄作胡為之處，對於讀者最為有害。不知曾貽誤了、迷惑了多少研究者。但有了張祿的這一番「加注」的工作，不僅使《新聲》有了嶄新的面目，把她從黑漆一團的伶人的腳本書裡救出，而且使我們研究《雍熙樂府》的人，也可以從這裡獲得了不少的幫助。《詞林摘豔》之所以有勝於《新聲》而為我們所特別注意與感謝者，這一點當為最大的原因。

《摘豔》所錄戲文，為數不多，總計不過七套；所錄戲文名目，僅為：

（一）下江南戲文

（二）玩江樓戲文

（三）拜月亭

（四）南西廂記

（五）王祥戲文

等五本，均為無名氏作，其中《南西廂記》共選三套，為最多。這部《南西廂記》和今日所見的李日華改編的及陸採所作的均不相同，當是最古的一本了。

雜劇所錄獨多；我們可以在那裡獲得了不少元及明初人雜劇的遺文逸曲。在所錄雜劇三十四本裡，今有全本見存者不過《麗春堂》、《梧桐雨》、《漢宮秋》、《虎頭牌》、《翰林風月》、《倩女離魂》、《追韓信》、《范張雞黍》、《兩世姻緣》、《金童玉女》、《氣英布》、《風雲會》、《抱妝盒》、《貨郎擔》等十四本耳。其餘二十本皆為令我們見之驚奇的新發見的名劇。這二十本雜劇，多者選至三折，則全劇所殘闕者不過四之一耳。但以僅選一折者為最多；而即此四分之一的戲文的保存，對於我們研究元劇者已不無很大的幫助。我們在那裡可以得到不少的漂亮文章；像：

王實甫的《販茶船》、《絲竹芙蓉亭》；
白仁甫的《流紅葉》、《箭射雙鵰》；
高文秀的《謁魯肅》；
費唐臣的《風雪貶黃州》；
鮑吉甫的《死哭秦少游》；
無名氏的《蘇武還鄉》、《杜鵑啼》。

都是讀之唯恐其欲盡的；而讀了這殘存的一二折，更令人想望其亡佚了的部分的「絕妙好辭」的不可得見而抱憾無窮。我們實不能不對藏晉叔這位「孟浪漢」有些不滿。《元人百種曲》下駟之作不少，他為何棄此取彼，實不可解！

其他像李取進的《栾巴噀酒》、石子章的《秋夜竹窗夢》、趙明遠的《范蠡歸湖》、劉東生的《月下老問世間配偶》等都還不失為佳作。

關子散曲一部分，張氏用力尤劬。戲曲部分，合戲文雜劇計之，僅錄劇三十九本凡有套數五十七章，僅占全書六之一耳；其餘六之五以上，皆散曲也。

南曲部分，無名氏之作最多；文獻無徵，故作者最不易考。南曲套數全部不過五十三章，而無名氏之作已占三十八章，其中以陳大聲之作為最多。

元人所作南曲，最不易得見，而這裡錄趙天錫、李邦祐、杲元啟諸人南小令，至十餘首之多；實為我們研究南曲最好的資料。

張錄所選「黎陽王太傅」，當即為王越（越，濬人，濬即黎陽）。所謂「太原寧齋老人」，疑即是「寧獻王」朱權。權久封大寧，頗有自號寧齋的可能。

北曲部分所選，元人之作不少，明人尤多不見於他書者。元人入選的有：

關漢卿、王元鼎、王伯成、吳昌齡、貫酸齋、孛羅御史、童童學士、馬致遠、杜善夫、李文蔚、李致遠、李好古、李邦基、李子昌、李愛山、庾吉甫、商政叔、趙明道、馬昂夫、里西瑛、馬九皋、侯正卿、宋方壺、胡用和、孫季昌、趙彥輝、徐甜齋、鄭德輝、喬夢符、曾瑞卿、周仲彬、張碧山、呂止庵、范子安、沈和甫、高栻、方伯成、葛石斧、楊景賢、王廷秀、歌妓王氏，教坊曹氏，黑老西、杲元啟、張小山、周德清、劉廷信、蘭楚芳等四十餘人。李文蔚、李好古、沈和甫、吳昌齡、劉廷信、蘭楚芳等十餘人均未見於他書。

明人入選的有：

誠齋、寧齋、恆齋老人、王越、唐以初、張鳴善、陳大聲、呂景儒、王舜耕、王文舉、丘汝成、丘汝晦、王子一、王子章、王子安、楊彥華、湯舜民、劉東生、谷子敬、賈仲名、楊景言、曹孟修、藏用和、史直夫、侯正夫、耿子良、陳克明、胡以正、段顯之、徐知府、瞽者劉百亭及吳江張氏（按即張祿）等三十餘人，其中十之七八皆他書所未之見者。

在這裡，張祿確為我們保存了不少的「曲子」的史料，其功不可沒。唯亦有失於稽考及前後牴牾處。像王伯成，明明是元人，有時卻訛作「皇明」，張鳴善原冠以「皇明」，有一處卻忽將他作為「元」人；陳克明本是元人，卻又將他作為「明」人了。那末著名的馬致遠的《天淨沙》「枯藤老樹昏鴉」一闋，張氏卻將她歸入無名氏作品之列了。

王實甫的《絲竹芙蓉亭》「天香雲開」一折，張氏作為無題，也無作者姓氏。要不是李開先《詞謔》指出，幾於無人知其為此劇的殘文。《風雲會》為羅貫中作，《鴛鴦家》為朱仲誼作，張氏皆作為無名氏的東西。《抱妝盒雜劇》，張氏已選其《一枝花》「雖不是八位中紫綬臣」一折，而對於傳唱最盛的《新水令》「後宮中推勘女嬌姿」一折，卻反不註明是《抱妝盒》之曲文。這種種，都是令人不無遺憾的。

但在明人編的曲集裡，張氏的《摘豔》可算是最為謹慎小心的，且也是最為正確的一部了。

元明以來女曲家考略

元明以來女曲家考略

一

詞曲作家，幾盡為男子所包辦。蓋以此種體裁的抒情詩，取徑較窄，女作家遂鮮插手於其間。然宋詞極盛難繼，尚有魏夫人、李易安、朱淑貞諸大家挺生於世，所作不僅不遜於男子，且卓然足為一代名手。元代的散曲，則全然為男子的活動的世界，幾不見一重要的女作家的足跡。即有之，亦僅見一鱗一爪而已。無論未有曲中的李易安，即求和魏夫人般的作曲家，也沒有遇到過。鍾嗣成的《錄鬼簿》記載元代曲家至一百五十餘人，朱權的《太和正音譜》所記元代作曲者一百八十七人，其中並無一婦人。《太平樂府》、《陽春白雪》、《樂府群玉》、《樂府新聲》諸「元人選・元曲」裡，也罕見傳錄女作家的散曲。僅《太平樂府》於入選的八十五人的姓氏裡，最後附有「行院王氏」及「珠簾秀歌者」二人的名字耳。

明、清二代的女曲家們也寥寥可屈指數。而堪稱作手者，於楊夫人、范夫人、吳蘋香外，更鮮同儔。

論列元以來的女曲家們的著作時，誠不禁有寂寞之感！然數年來搜輯所得，亦覺裒然成帙，可資觀覽。姑就其中較為重要的若干人，論述之如下。

二

蔣仲舒《堯山堂外紀》(卷七十)嘗述一事：

趙松雪欲置妾，以小詞調管夫人云：「我為學士，你做夫人。豈不聞陶學士有桃葉、桃根，蘇學士有朝雲、暮雲。我便多娶幾個吳姬趙女，何過分！你年紀已過四旬，只管占住玉堂春！」管夫人答云：「你儂我儂，忒煞情多。情多處，熱似火。把一塊泥，捻一個你，塑一個我。將咱兩個一齊打破，用水調和，再捻一個你，再塑一個我。我泥中有你，你泥中有我。與你生同一個衾，死同一個槨！」松雪得詞，大笑而止。(此小調未知何調)

這首詞恐是元代閨人所作的罕見之名篇，是那樣的情真語切！然於此詞外，管夫人似未傳他作。

元代比較的能作曲的婦人們，大多數還是行院的歌女們或女伶們。因為她們每以侑觴唱曲為業，耳濡目染之餘，便也往往的自己會唱幾句。其間有聰明才智的歌女們，寫的還真不壞。在元末黃雪蓑著的《青樓集》，所記能制曲的婦人們便不下七八人。像梁園秀、張怡雲、珠簾秀、劉燕歌、張玉蓮、一分兒、般般醜等等，其詞也有見存於今的，也有僅傳數詞半語的。今並錄於下：

梁園秀，姓劉行四。黃雪蓑謂她「所制樂府如《小梁州》、《青歌兒》、《紅衫兒》、《抧磚兒》、《寨兒令》等，世所共唱之。」然今卻一語未見。

「張怡雲能詩詞，喜談笑，藝絕流輩，名重京師。趙松雪、商正叔、高房山皆為寫『怡雲圖』以贈。諸名公題詩殆遍。姚牧庵、閻靜軒每於其家小酌。……嘗佐貴人樽俎。姚、閻二公在焉。偶言暮秋時三字。閻曰：『怡雲續而歌之。』張應聲作《小婦孩兒》，且歌且續曰：『暮秋時，菊殘猶有傲霜枝，西風了卻黃花事。』貴人曰：『且止！』遂不成章。張之才亦敏矣。」像這樣的韻事是文士們所稱道不置的。《堯山堂外紀》也收入(卷六十九)，傳布遂廣。

珠簾秀，姓朱氏，行第四。黃雪蓑稱其「雜劇為當今獨步。駕頭、花旦、軟末泥等悉造其妙。胡紫山宣慰嘗以《沉醉東風曲》贈。…… 至今後輩，以朱娘娘稱之者。」

（《青樓集》）然不言其能制曲。楊朝英《太平樂府》（卷二）選入珠簾秀歌者和盧疏齋相贈答的《壽陽曲》二首：

〔疏齋別珠簾秀〕才歡悅，早間別。痛煞煞好難割捨！畫舡兒載將春去也，空留下半江明月。

〔珠簾秀歌者答前曲〕山無數，煙萬縷，憔悴煞玉堂人物。倚蓬窗一身兒活受苦，恨不得隨大江東去。

此「珠簾秀歌者」，當即為《青樓集》的珠簾秀無疑。又萬曆刊本的《詞林白雪》嘗選入珠簾秀的《醉西施》「檢點舊風流，近日來漸覺小蠻腰瘦」一套。似不可靠。

劉燕歌善歌舞。有送齊參議還山東的《太常引》一篇：

故人別我出陽關，無計鎖雕鞍，今古別離難。兀誰畫蛾眉遠山？一尊別酒，一聲杜宇，寂寞又春殘。明月小樓間，第一夜相思淚彈。

黃雪蓑云：「至今膾炙人口。」（《北宮詞紀》也選入）

張玉蓮，人多呼為張四媽。舊曲其音不傳者，皆能尋腔依詞唱之。絲竹咸精，蒲博盡解。笑談亹亹，文雅彬彬。南北今詞，即席成賦，審音知律，時無比焉。往來其門，率富貴公子。積家豐厚。喜延款士夫，復揮金如土，無少暫惜愛。林經歷嘗以側室置之。後再占樂籍，班彥功與之甚狎。班司儒秩滿北上，張作小詞《折桂令》贈之。末句云：「朝夕思君，淚點成斑」，亦自可喜。又有一聯云：「側耳聽門前過馬，和淚看簾外飛花」，尤為膾炙人口。有女倩嬌，粉兒數人，皆藝殊絕。後以從良散去。余近年見之崑山，年逾六十矣，兩鬢如黧，容色尚潤，風流談謔，不減少年時也。

此事亦見《堯山堂外紀》。

一分兒姓王氏，京師角妓也。歌舞絕倫，聰慧無比。一日，丁指揮會才人劉士昌、程繼善等於江鄉園小飲。王氏佐樽。時有小姬歌菊花會南呂曲云：「紅葉落，火龍褪甲，青松枯，怪蟒張牙。」丁曰：「此《沉醉東風》首句也。王氏可足成之。」王應聲曰：「紅葉落，火龍褪甲，青松枯，怪蟒張牙。可詠題，堪描畫。喜觥籌席上交雜。答剌蘇頻斟入禮廝麻，不醉呵休扶上馬！」一座嘆賞。由是聲價愈重焉。

般般醜，姓馬，字素卿，善詞翰，達音律，馳名江、湘間。時有劉廷信者，南臺御史劉廷翰之族弟，俗呼曰黑劉五。落魄不羈，工於笑談，天性聰慧。至於詞章，信口成句。而街市俚近之談，變用新奇，能道人所不能道者。與馬氏各相聞，而未識。一日，相遇於道。偕行者曰：「二人請相見。此劉五舍也，此即馬般般醜也。」見畢，劉熟視之曰：「名不虛傳。」馬氏含笑而去。自是往來甚密。所賦樂章極多。至今為人傳誦。

《堯山堂外紀》也記此事，當係由黃氏之書錄入。

劉婆惜，樂人李四之妻也。江右與楊春秀同時。頗通文墨，滑稽歌舞，迥出其流，時貴多重之。先與撫州常推官之子三舍者交好，苦其夫間阻。一日，偕宵遁，事覺，決杖。劉負愧，將之廣海居焉，道經贛州。時有全普庵撥里字子仁，由禮部尚書，值天下多故，選用除贛州監郡。平昔守官清廉，文章政事，揚歷臺省，但未免耽於花酒。每日公餘，即與士夫酣歌賦詩。帽上常喜簪花，否則或果或葉，亦簪一枝。一日，劉之廣海，過贛，謁全公。全曰：「刑餘之婦，無足與也。」劉謂閽者曰：「妾欲之廣海，誓不復還。久聞尚書清譽，獲一見而逝，死無憾也。」全哀其志而與進焉。時賓朋滿座，全帽上簪青梅一枝。行酒，全口占《清江引》曲云：「青青子兒枝上結。」令賓朋續之，眾未有對者。劉斂衽進前曰：「能容妾一辭乎？」全曰：「可。」劉應聲曰：「青青子兒枝上結，引惹人攀折。其中全子仁，就裡滋味別。只為你酸留，意兒難棄捨。」全大稱賞。由是顧寵無間，納為側室。後兵興，全死節。劉克守婦道，善終於家。

在這些青樓的作曲者裡，劉婆惜之事，似最為淒惋可憐。元劇裡屢提及受過官刑的妓女，不能為士人妻妾，似當時實有其例。

三

《太平樂府》又載大都行院王氏的寄情人的《粉蝶兒》一套，卻為元代女作家裡最高的成就。此套亦見於《詞林摘豔》及《雍熙樂府》。王氏未知何名，生平亦不可知。《青樓集》所載王姓歌者，有王金帶、王巧兒、王奔兒、王玉梅等四人，皆不言其能作曲。唯上文所列的一分兒，亦姓王氏，即在丁指揮宴席上歌《沉醉東風》一曲者，殆即其人歟？然未得他證。

王氏的此套《粉蝶兒》，所謂寄情人，卻是托之蘇卿的口吻以寫唱出來的。藉古人之酒杯，澆自己的塊壘，身世的情況相同，其陳述自然是更為沈痛悱惻的：

〔粉蝶兒〕江景蕭疏，那堪楚天秋暮，占西風柳敗荷枯。立夕陽，空凝佇，江鄉古渡。水接天隅，眼瀰漫晚山煙樹。

第一曲便是布置著蘇卿在秋江的孤寂的情況的。其後數曲，最沈痛的，像：

〔鬥鵪鶉〕愁多似山市晴嵐，泣多似瀟湘夜雨。少一個心上才郎，多一個腳頭丈夫。每日價茶不茶，飯不飯，百無是處；交我那裡告訴！最高的離恨天堂，最低的相思地獄！

〔普天樂〕腸中愁，詩中句；問什麼失題落韻，跨騾騎驢。想著那得意時，著情處。筆尖題到傷心處，不由人短嘆長吁。囑付你僧人記取：蘇卿休與，知它雙漸何如？

〔上小樓〕怕不待開些肺腑，都向詩中分付。我這裡行想行思，行寫行讀，兩淚如珠，都是些道不出，寫不出，憂愁思慮，了不罷啼哭！是他爭知我嫁人。他應過夆，番做了魚沈雁杳，瓶墜簪折，信斷音疏！咫尺地半載余，一字無！雙郎何處？我則愛隨它泛茶舡去！

這樣沈痛的描寫，殆是她自己的血和淚！其尾聲尤為淒涼：

比我這淚珠兒何日干？愁眉甚日舒？將普天下煩惱收拾聚，也似不得蘇卿半日苦。

元人最愛詠唱雙漸、蘇卿的故事。劇曲中有之，散曲裡更多。當是青樓歌伎們所最喜歡的題材之一。然見於《雍熙樂府》裡的許多套的雙漸、蘇卿曲，其情緒的纏綿悱惻，都不及王氏的這一套。蓋出於歌女她自己的手下，當然會比文人學士們的擬作更加真情充溢的。

四

明代的女曲家，仍以妓女們為中心。然高出於她們之上而成為曲壇的兩個重鎮者，則為楊夫人和范夫人的兩位閨秀作家。

楊夫人為楊慎的繼室，姓黃氏，遂安人，尚書珂之女。升庵謫戍滇南時，夫人隨之成所。後升庵奔父喪返滇，夫人卻獨留於蜀。在他們別離的期間，夫人所作寄外詩是很著名於世的。在她的詞曲裡也浸潤著這種愁悶的情調。唯世所傳楊夫人詞曲的散曲，中多和升庵的《陶情樂府》相復見。其未見於《陶情樂府》的曲子，僅數十首耳。在這數十首裡，卻也足見其絕世的才情，而小令尤多雋作。像：

〔落梅風〕樓頭小，風味佳，峭寒生雨初風乍。知不知對春思念他！背立在海棠花下。

〔又〕春寒峭，春夢多；夢兒中和他兩個。醒來時空床冷被窩。不見你，空留下我！

都是絕好的情語，質直而又婉約，明暢而又深刻。不是多情的人說不出來。有名的雨中遺懷的《黃鶯兒》：

積雨釀輕寒，看繁花樹樹殘。泥塗滿眼登臨倦：雲山幾盤？江流幾灣？天涯極目空腸斷。寄書難！無情征雁，飛不到滇南！

亦見於《陶情樂府》。然明明是楊夫人的口氣，不知為何被編入《升庵集》裡。《南宮詞紀》、《堯山堂外紀》、《吳騷二集》及《詞林逸響》諸書，並皆屬之楊夫人，必有所據。是夫人散曲之誤被竄入《陶情樂府》者必也不少。固不能執《陶情樂府》以選剔夫人散曲也。

范夫人較後於楊夫人，姓徐氏，名媛，嫁范允臨，有《絡緯吟》十二卷，中多詩，散曲僅附於後，非其專長。《太霞新奏》云：「徐工於詩，樂府偶拈耳，然能不落調。彼自號詞家者，可愧矣。」她的春日書懷的《綿搭絮》套「薄寒輕惜，紅雨染春條，翠褪香韲，一片煙絲軟蝶嬌」，最為有名，卻也只是工穩而已。其成就遠及不上楊夫人。

萬曆時有揚人張少谷妾方氏，也善於作曲；《少谷集》中嘗附刊之。《太霞新奏》載她的秋閨曉思的《集賢賓》套：「高城漏盡天漸啟，疏簾殘月依依？此際愁懷無可比。早擔憂，長日遲遲憑誰訴你！但獨對空房摸擬！（合）還自悔：緣底事，輒教分離？」雖是離情的熟調，卻很輕倩可愛。

吳江沈氏，自詞隱開山後，不僅男子多才，即女子亦多作曲者。詞隱季女靜專，字曼君，著《適適草》。巢逸孫女蕙端，字幽芳，適顧來屏，也能寫散曲。沈自晉的《南詞新譜》嘗選入她們數曲。唯其曲集惜不傳，未能觀見其全貌而作評論。

五

《太霞新奏》又載蘄州妓作詠風月擔兒的《黃鶯兒》一曲：

風月擔兒拴，上肩時難上難。挑得的便是真鐵漢。壓得人腿酸，喘得人口乾，半途中還恐怕繩兒斷。耐些吹，一場辛苦，脫卸了不相干！

亦見於《雍熙樂府》，則此妓當為明初時人；惜未知其姓名。語短心長，當是厭倦風塵已深。

《吳騷二集》嘗選入蔣瓊瓊、謝雙、景翩翩三人之作，殆皆青樓中人。《青樓韻語》則未錄蔣瓊瓊與謝雙，而於景翩翩外，別有顧長芬、鄭雲璈、馬綬、董如瑛、董貞貞、薛素素數人。這些青樓的作曲者，所作的，左右不過閨思離情之什。在其中，蔣瓊瓊的《桂枝香》的四季及曉夜的六「思」，似最為質直而流暢，確像妓女的口吻，不類文人學士們的代作。舉其《春思》及《夜思》的二首於下：

《春思》澄湖如鏡，濃桃如錦，心驚俗客相邀，故倚繡幃稱病。一心心待君，一心心待君。為君高韻，風流清俊。得隨君半日桃花下，強如過一生！

《夜思》階前落葉，煙中唱嗚，窗含萬疊青山，簾卷半湖初月。倚紅樓正思，倚紅樓正思。此心如結，金錢懶跌。喜君車扶醉還來也，忙將繡被揭。

六

清代女曲家最少。——本來清代的散曲作者們便已寥寥可數。勉強的說起來，只有吳綃、吳藻、顧貞立以及末年的俞慶曾諸人而已。王筠嘗作《繁華夢》、《全福記》二傳奇，而其散曲卻未之見。

吳綃生於清初，字冰仙，一字片霞，又字索公。長洲人，通判吳水蒼女。後嫁給常熟許瑤。她工小楷，善畫，兼擅絲竹。詩詞皆清麗，足自成一家。而其情感又是那末真摯奔放，不自檢束。她的《嘯雪庵詩餘》裡，盡有許多纏綿悱惻的情語。遂有種種的蜚語流言傳於世。殆和李易安、朱淑貞同為身世不幸之女作家。

她的散曲，在她的一切著作裡，最為駑下，且並不多。在《嘯雪庵詩餘》之末，附有《黃鶯兒》十首，皆詠花草者，情態索然，總緣無話可說，敷衍成章耳。姑舉其一：

《晝蘋果花》別樣不勝嬌，軟絲絲綴碧條。海棠姿態些幾較：嫩紅酥欲消，濬燕支帶潮。香生玉靨輕含笑，最難描。風情無限，半晌卻停豪。

雖是輕倩的詠物小詞，然較之她的詞，像「萬斛閒愁渾不了，無聊自把寒衾攬」（《漁家傲．春曉》）；「茶飯誰餐？伏枕知何計？王孫不來依自來，遊魂頃刻追千里」（《蝶戀花．病懷》）；「粉蝶不知人意，紛紛來往綢繆。雙眉常自曲如鉤，莫說忘憂」（《晝堂春．萱草》）等來，卻使人有把捉不到什麼之感。

顧貞立生於康熙中。原名文婉，字碧汾，自號避秦人。無錫人，顧貞觀姊。嫁給同邑侯晉。詩詞極多。徐乃昌嘗刊其《棲香閣詞》二卷於《閨秀百家詞》中。《棲香閣詞》末，附有《步步嬌》等四曲，並自制曲《桃絲》、《翠淩波》二篇。（此自制曲，蓋仿白石道人等的「自度曲」而作，體格是詞而非曲，未必能唱。）那四曲似套數而又不像套。然像下面的一曲：

《駐馬聽》宿雨朝煙，露浥胭脂紅數點。閒庭寂寞，惜花人起夢尤淹。停妝臺幾度懶臨鑾，整凌波款步青苔蘚。笑嫣然，看朝陽一朵春光綻。

卻文情歡暢光明，活畫出閨中的懶散豐潤的生活的情態來。較之文士們代作的「閨情」曲，當然要出色當行些。

從康熙到乾隆，女流曲家卻寂然無聞。道光間有仁和吳藻出，稍振其緒。藻字蘋香，作《香南雪北詞》，後附散曲數套；又作《飲酒讀騷圖傳奇》。《香南雪北詞》後所附諸曲，很少可注意的，倒是那本《飲酒讀騷圖》，雖是短短的一篇劇曲，卻全然自抒懷抱，亢爽悲壯，不能不算她為整個的一首抒情歌曲。她託名為謝絮才，改扮男裝，對影自嘆：「若論襟懷可放，何殊絕雲表之飛鵬；無奈身世不諧，竟似閉樊籠之病鶴。」在舊社會的禮教壓迫之下，她是那樣可憐的自慰著：竟以對男裝畫像，飲酒讀《離騷》為幻想中的滿足。然這滿足究竟是落了空，遂不得不對自己的畫像自弔，自挽了：

……能幾度夕陽芳草，禁多少月殘風曉！題不盡斷腸詞稿，又添上傷心圖照。俺呵，收拾起金翹翠翹，整備著詩瓢酒瓢，呀，向花前把影兒頻弔。

——《北沽美酒帶太平令》

《天雨花》、《筆生花》諸彈詞所描寫的女主角的活動，也是在這樣的被壓迫的情懷之下，反激的寫就的。

道光之後，又是若干年的空白。光緒中，有德清俞慶曾的，為俞樾的孫女，字吉初，作《繡墨軒詩詞稿》。其詞稿後附散曲二套。一為仿吳藻的《香南雪北詞餘》者，只是試筆之作，無甚重要。其《晝長無事偶譜此曲以遣悶懷》一套，卻彈奏出一種「閨怨」的別調來：

〔二郎神〕重門閉，把百樣思量總不甚宜。造化無端將人戲，原知不解那𢡟𢡟惜惜！無聊問：何日心頭能稱意！豈堪說此中情理！魂銷矣！這一個愁字在眉間，事事非。

〔集賢賓〕紅塵久住真沒味，自憐身世支離。顧後思前無一計，真好比風中飛絮！香篝倦倚，當日事般般都記。重簾底，鎮日價無情無緒。

明白如話，遠非黃夫人以來諸女作家的嬌軟婉約的作態；寫無聊的閒愁，出世的思想，如此的曉暢無隱者，女作家裡似僅見她一人而已。

清曲本為元、明散曲的殘蟬的尾聲。除了徐、鄭的道情曲，朱、厲等曲集外，所可稱者唯民間小曲的搜輯耳。而幾個女流作家，插身於其間，更是藐小寥落得可憐。故今之所得，僅此而已。

如在諸小說傳奇以及筆記裡去爬搜，原也可以再尋得若干女作家的曲子來。唯往往只有一曲數語，為細過甚，姑不置論。

一九三四年三月十日作

明代的時曲

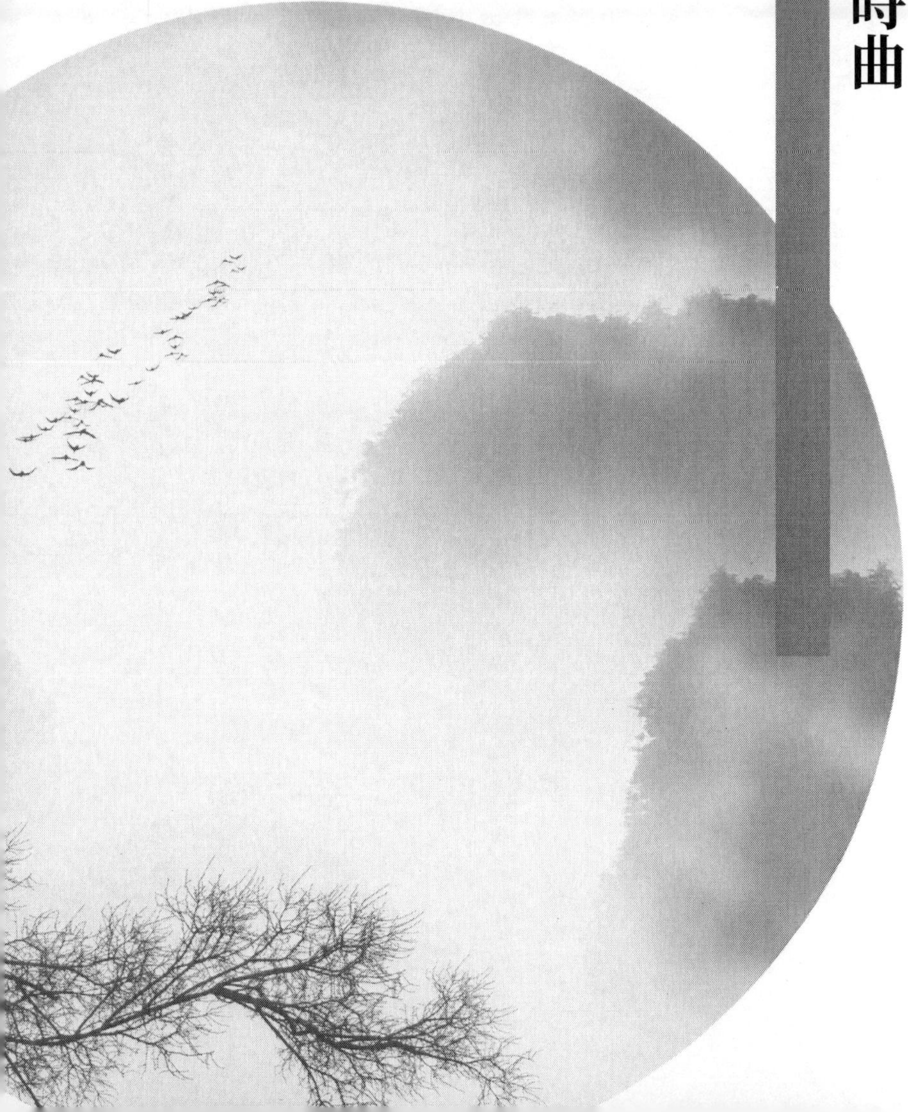

所謂時曲，指的便是民間的詩歌而言。凡非出於文人學士的創作，凡「不登大雅之堂」的小調，明人皆謚之曰「時曲」。故在時曲的一個名稱之下，往往有最珍異的珠寶蘊藏在那裡。馮夢龍嘗蒐集、刊印，乃至摹擬《掛枝兒》時曲。凌濛初在《南音三籟》所附的《論曲雜札》裡，也極口恭維著流行於民間的時曲，以為有勝於陳陳相因，毫無生氣的文人的散曲。連正宗派的王伯良見了他們也不能不為之心折：

小曲《掛枝兒》，即《打棗竿》，是北人長技，南人每不能及。昨毛允遂貽我吳中新刻一帙。中如《噴嚏》、《枕頭》等曲，皆吳人所擬。即韻稍出入，然措意俊妙，雖北人無以加之。故知人情原不相違也。

——王伯良《曲律》卷四

這裡所謂「吳中新刻一帙」，大約指的便是馮生《掛枝兒》。所謂《枕頭》，今惜不得見。《噴嚏》一首，今尚存，確是妙曲：

對妝臺忽然間打個噴嚏。
想是有情哥思量我寄個信兒。
難道他思量我剛剛一次？
自從別了你，
日日淚珠垂。
似我這等把你思量也，
想你的噴嚏常似雨。

《掛枝兒》的馮氏刊本，覓之已久而未得。唯明刊《浮白山人七種》裡，有《掛枝兒》在著，又清初板的《萬錦清音》裡也附有《掛枝兒》數十首；大約便都是從馮氏的本子出來的罷。往年泰東書局出版《掛枝兒》、《夾竹桃》合刊，每首皆附有無聊的批語，殊為可厭。華通書局版的《掛枝兒》，所錄凡四十首，無批語，比較的讀得順適些。如今此書並不難得。

在陳所聞的《南宮詞紀》卷六里，錄有汴省時曲（《鎖南枝》）二首，其中的一首寫得很生動！

傻俊角，我的哥，
和塊黃泥兒揑咱兩個。
揑一個兒你，揑一個兒我。
揑的來一似活托，揑的來同床上歇臥。
將泥人兒摔碎，著水兒重和過。
再揑一個你，再揑一個我。
哥哥身上也有妹妹，妹妹身上也有哥哥。

又同書同卷裡錄有孫百川的嘲妓《黃鶯兒》二十九首，又亡名氏同題五首，氣息卻極為惡劣；都是就很可憐的無告人的缺點而加以嘲弄的。我不忍舉出什麼來。《浮白山人七種》中的《黃鶯兒》一種，也便是孫氏諸人所作的嘲妓的總集。相傳徐文長也作有嘲妓《黃鶯兒》若干首，已佚。

明刊本（約萬曆時所刻）《摘錦奇音》裡，也載有時興各處譏妓《耍孩兒》歌數十首，自臨清姐兒，揚州姐兒以至襄陽、汴梁、雲南、廣東、潭城等的妓女都曾被譏嘲到。大約明人對於妓女的嘲笑的時曲，是很流行的，也許便流行於妓院之中，以供嘲謔之資。

在萬曆間閩建書林葉志元刊行的《新刻京板青陽時調詞林一枝》裡載有新增《楚歌羅江怨》、《時尚急催玉》、《時尚鬧五更哭皇天》及《劈破玉歌》四種，共凡一百餘曲，其中盡有極雋妙的民間抒情歌曲在著。

青山在，綠水在，冤家不在；
風常來，雨常來，情書不來；
災不害，病再不害，相思常害。
春去愁不去，
花開悶未開！
倚定著門兒，手托著腮兒。

明代的時曲

我想我的人兒。
淚珠兒汪汪滴，
滿了東洋海，
滿了東洋海！

為冤家淚珠兒落了千千萬，
穿一串寄與我的心肝。
穿他恰是紛紛亂，
哭也由他哭，
穿時穿不成！
淚眼兒枯乾，
淚眼兒枯乾；

——《時尚急催玉》

乖！你心下還不忖，
你心下還不忖！

——《劈破玉歌》

萬曆板的《玉谷調簧》（書林廷禮梓行）也有所謂「時興妙曲」、「海內妙曲」幾種；在《時尚古人劈破玉歌》裡，大部分是詠古傳奇，和古人的事蹟的，無甚意義。但像娘罵女、女問卦等，也還寫得不壞。

沈德符的《顧曲雜言》有一段關於時曲的很重要的記載（雖然他對於時曲並不是一位欣賞家）：

元人小令，行於燕、趙。後浸淫日盛。自宣、正至化、治後，中原又行《鎖南枝》、《傍妝臺》、《山坡羊》之屬。李崆峒先生初自慶陽徙居汴梁，聞之，以為可繼國風之後。何大復繼至，亦酷愛之。今所傳「泥捏人」及「鞋打卦」、「熬鬏髻」三闋，為三牌名之冠，故不虛也。自茲以後，又有《耍孩兒》、《駐雲飛》、《醉太平》諸曲，然不如三曲之盛。嘉、隆間，乃興《鬧五更》、《寄生草》、《羅江怨》、《哭皇天》、《乾荷葉》、《粉紅蓮》、《桐城歌》、《銀紋絲》之屬，自兩淮以至江南，漸與詞曲相遠。不過寫淫媟情態，略具抑揚而已。比年以來，又有《打棗竿》、《掛枝兒》二曲，其腔調約略相似。則不問南北，不問男女，不問老幼良賤，人人習之，亦人人喜聽之，以至刊布成帙，舉世傳誦，沁人心腑。其譜不知從何來，真可駭嘆！

這位「道學先生」的這一席話，把明代時曲流行的情形，說得總算是有頭有緒的了。《傍妝臺》，嘉靖時最流行。李開先嘗作了百首，王九思也和之百首，今有刊本傳於世。（李氏原刊本，未見，今有崇禎張宗孟刊《王渼陂全集》本。）《駐雲飛》、《耍孩兒》等，《盛世新聲》、《詞林摘豔》、《雍熙樂府》諸散曲總集中多載之。成化間，金臺魯氏嘗刊行單本時曲不少，每本約十五六頁，共約一二百首。民國二十一年春間，北平圖書館曾以高價購得魯氏在成化七年所刊的《駐雲飛》、《賽駐雲飛》、《賽賽駐雲飛》等四種，可算是見存的最早之單刊本的時曲集了。

跋掛枝兒

跋掛枝兒

前四年時，偶從小書攤上見到一本小書，題為《掛枝兒》。我彷彿在什麼地方見到過這「掛枝兒」三個字，便不甚經意的將這本小書購下。當時將它雜置於亂書堆中，也沒有時間去讀。後來，偶然於收拾書冊時，匆匆的將它翻閱了一遍，便覺得這並不是一本尋常的小書，也並不是一本尋常的小曲選本，好幾次將它示給幾位與我同嗜民間歌曲的人看，他們也都十分的讚美嘆賞。這本小書並不是什麼難得的書，所以我絕無將它付印的意思，但經了好幾位友人的幾番搜尋而皆無所得之後，我們便知道這書也並不是一部易得的書了。因此，便將它收入《鑑賞叢書》之內印出。

這本小書原是一部選本，只有四十一首的《掛枝兒》曲子。《掛枝兒》原來究竟有多少首，我們已無從知道，選者也並不曾提起過他的來源，所以我們也不能知道他究竟是從全部的原書中選下的，還是從他自己所蒐集到的許多《掛枝兒》小冊子中選下的。

現在既不能得到《掛枝兒》原集，或許多《掛枝兒》小冊子，則只好先就這現有的四十一首付印了。我很希望能夠得到所謂《掛枝兒》原集，或許多民間印的《掛枝兒》小冊子，這個希望我相信並不是不可能的。讀者有所見或有所知時，盼望他們能夠通知我或將原書寄給我。將來或想再行出版同樣的一冊或二冊。

《掛枝兒》本是有一部集子的，我知道。我曾在一部雜記中，見作者說起過《掛枝兒》的事。這一則事事事也選入《明代軼聞》中。（但《軼聞》也並不註明出處。）從那裡，我們知道，當崇禎中，有一位放浪不羈的才士，名叫馮夢龍的，曾「作」了一部《掛枝兒》小曲。「馮生的掛枝兒樂府」一時大行於時，人人皆能唱之。這部馮氏「作」的《掛枝兒》，不知今尚可得到否。也許已經泯滅於人間，也許原「作」者的「馮氏」已無人知之，而此書卻仍存在著也未可知。馮氏字猶龍，吳縣人。崇禎中貢生，知壽寧縣。他常用的筆名是龍子猶。入清，尚在。他著的書不少。也很喜改訂他人的著作。所作有《雙雄記》、《萬事足》諸傳奇，又訂定《量江記》、《牡丹亭》（改名《風流夢》）、《一捧雪》等作，合為《墨憨齋傳奇》十餘種。又增改《平妖傳》及其他小說；編《智囊》、《情史》、《醒世恆言》、《警世通言》、《喻世明言》諸書。他是我們所不能忘記的文士之一。像這樣的一個著意於傳奇小說的人，其「作」《掛枝兒》小曲當然不僅僅是「可能」的事。

然《掛枝兒》的來歷卻很古，至少這個曲調是盛行於馮氏之前。沈德符的《顧曲雜言》中，有一段記載，今節錄於下：

跋掛枝兒

嘉隆間乃興《鬧五更》……《銀絞絲》之屬，自兩淮以至江南，漸與詞曲相遠。不過寫淫媟情態，略具抑揚而已。比年以來，又有《打棗竿》、《掛枝兒》二曲，其腔調約略相似。則不問南北，不問男女，不問老幼良賤，人人習之，亦人人喜聽之。以至刊布成帙，舉世傳誦，沁人心腑。其譜不知從何來，真可駭嘆。……

據此，則《掛枝兒》並非馮氏的創作，而實為民間流行的歌曲之一。我們在此有兩點都可以相信：一是，《掛枝兒》本為民間的流行曲子，馮氏僅取而刪改訂定之；一是，馮氏模仿民間流行的《掛枝兒》曲子，而別創新詞。這兩點都有可能性。在我們沒有得到馮氏的原本之前，實不能下斷語。

在這裡所選入的四十一首中，幾乎沒有一首不是很好的戀歌。一方面具有民間戀歌中所特有的明白如話，質樸可愛，而又美秀動人的風趣，一方面又蘊著似淺近而實懇摯，似直捷而實曲折，似粗野而實細膩，似素質而實綺麗的情調。純粹的民間歌曲，往往是粗鄙不堪，不能成語的，而這些《掛枝兒》小曲卻與他們很不相同。他們顯然是出於文人學士之手；或者是他規摹民曲而作的新詞，或者是經他刪改潤飾後的民曲新集。

所以在這裡的四十一首，我們雖沒有充足的證據，卻有充足的理由，可以相信他們是馮氏原本中的一部分。

現在且隨舉一二個例於下：

對妝臺忽然間打個噴嚏，
想是有情哥思量我寄個信兒。
難道他思量我剛剛一次！
自從別了你，
日日淚珠垂。
似我這等把你思量也，
想你的噴嚏常如雨。

——《噴嚏》

踈掛枝兒

捎書人出得門兒驟，
叫丫鬟喚轉來。
我少分付了話頭。
你見他時，
切莫說我因他瘦。
現今他不好，
說與他又添憂。
若問起我身體也，
只說災病從沒有。

俏哥哥，我分付你再不要吃醉。
今日裡緣何吃得醉如泥？
陪你的想是個青樓妓。

——《寄書》

我且饒了你，
你也要自三思，
他若果有（愛）你的心腸也，
怎捨得醉了你。

——《嗔妓》

像這樣的美歌好曲，當然是要「不問南北，不問男女，不問老幼良賤，人人習之，亦人人喜聽之」了。

《掛枝兒》中有幾首很與《白雪遺音》中的幾首相同，其造意遣辭都很相同。例如：

《掛枝兒》

露水荷葉珍珠兒現，
是奴家痴心腸把線來穿
誰知你水性兒多更變；

踫掛枝兒

這邊分散了，
又向那邊圓！
沒真性的冤家也，
隨著風兒轉。

——《荷珠》

五更雞，
叫得我心慌撩亂。
枕兒邊說幾句離別言，
一聲聲只怨著欽天監。
你做閏年並閏月，
何不閏下一更天！
日兒裡能長也，
夜兒裡這末樣短！

——《雞》

《白雪遺音》

露如珠兒在荷葉轉，
顆顆滾圓，
姐兒一見，忙用線穿，喜上眉尖。
恨不能一顆一顆穿成串，排成連環。
要成串，誰知水珠也會變，不似從前。
這邊散了，那邊去團圓，改變心田。
閃殺奴，偏偏又被風吹散，落在河中間。
後悔遲，當初錯把寶貝看，叫人心寒。

——《白雪遺音選》六頁

喜只喜的今宵夜，
怕只怕的明日離別。

跋掛枝兒

離別後，
相逢不知那一夜？
聽了聽鼓打三更交半夜。
月照紗窗，
影兒西斜，
恨不能雙手托住天邊月！
怨老天，
為何閏月不閏夜？

——《馬頭調》

民間歌曲中像這樣的相類似之點是極多的。或者是因了歌辭的「轉變」與「輸入」、「採用」之故，或者是在同樣的心理裡所創出的同樣的情緒與想像。這都是不可知的。《掛枝兒》中有好些「詠物」曲，包蘊著很有趣的雙關的意思，例如：

金針兒，
我愛你是針心針意。
望得你眼兒穿，
你怎得知！
偶相縫，
怎忍和你相拋棄。
我時常來挑逗你，
你心腸是鐵打的。
倘一線的相通也，
不枉了磨弄你。

——《金針》

這樣的詠物曲，使我們不禁的想起了張鷟的《遊仙窟》中的許多詠物詩，例如：

心虛不可測，眼細強關情。
轉身已入抱，不見有嬌聲。

——《詠箏》

這樣的雙關的詠物詩，其來源是很古很古的了。又《金針曲》中，以「針」代「真」，以「縫」代「逢」，這又是一種很古老的以同音字為遊戲的伎倆，例如牛希濟的「終日劈桃穰，人在心兒裡」（《生查子》，見《花間集》）以「人」代「仁」之類。

掛枝兒

掛枝兒

偶從冷攤上得到了一部《掛枝兒》。這是一部《掛枝兒》曲調的選本，只有四十一首。卻沒有一首不是極好的戀歌。既具民歌中特有的明白樸質的美，又蘊蓄著似淺近而實深摯，以直捷而實曲折，似粗野而實綺膩的情調。且隨手舉出幾首於下：

《寄書》

捎書人出得門兒驟，叫丫鬟喚轉來，我少吩咐了話頭。你見他時，切莫說我因他瘦。現今他不好，說與他又添憂。若問起我身體也，只說災病從沒有。

《嗔妓》

俏哥哥，我吩咐你再不要吃醉。今日裡緣何吃得醉如泥？陪你的想是個青樓妓。我且饒了你，你也要自三思。他若果有你的心腸也，怎捨得醉了你。

《問咬》

肩頭上現咬著牙齒印，你實說那個咬，我也不嗔。省得我逐日間將你來盤問。咬的是你肉，疼的是我心。是那一家的冤家也，咬得你這般樣的狠。

《掛枝兒》並不是近代的產物，在明代便已盛行於時了。沈德符在《顧曲雜言》上說起過：

嘉隆間乃興《鬧五更》……《銀紋絲》之屬，自兩淮以至江南，漸與詞曲相遠。不過寫淫媟情態，略具抑揚而已。比年以來，又有《打棗竿》、《掛枝兒》二曲，其腔調約略相似。則不問南北，不問男女，不問老幼良賤，人人習之，亦人人喜聽之。以至刊布成帙，舉世傳誦，沁人心腑。其譜不知從何來，真可駭嘆。

在別一部雜記（據《明代軼聞》所引）上，又見到當時盛行「馮生掛枝兒樂府」的情形。所謂馮生，蓋即馮夢龍。到了馮夢龍的時候，他已經把民間的東西，寫定，或改造成為馮氏自己的創作了。其中的情調，完全是民間的。大約馮氏即有所作，也必為規模民間流行的《掛枝兒》曲調而作的。——不僅規模她的調子，且也唯真唯肖的規模著民間的情緒與其語調聲吻。我在別一個地方，曾常常的說起過：純粹民間的曲子，一定是相當粗野的，不大能成辭的，例如敦煌所發見的唐末五代的《嘆五更》、《十二時》，

掛枝兒

近時所流傳的《孟姜女》皆是。必要到了當代的文人學士採用了這些民間歌曲，而寫定，或擬作新詞時，於是這些歌曲的黃金時代便來到了。他們有的是未曾除盡的民間的真樸的情調，又有的是遣辭造句，流轉如意的手腕，於是「二美俱」而名作以出了。所謂「馮生掛枝兒樂府」蓋即這種文學史上的黃金期產物之一，所以能夠這樣的「舉世傳誦，沁人心腑」。《掛枝兒》調子，聽說尚傳於世，但我沒有聽人唱過。全書當然不會只有四十一首。我很希望能夠得到一部全本。

跋山歌

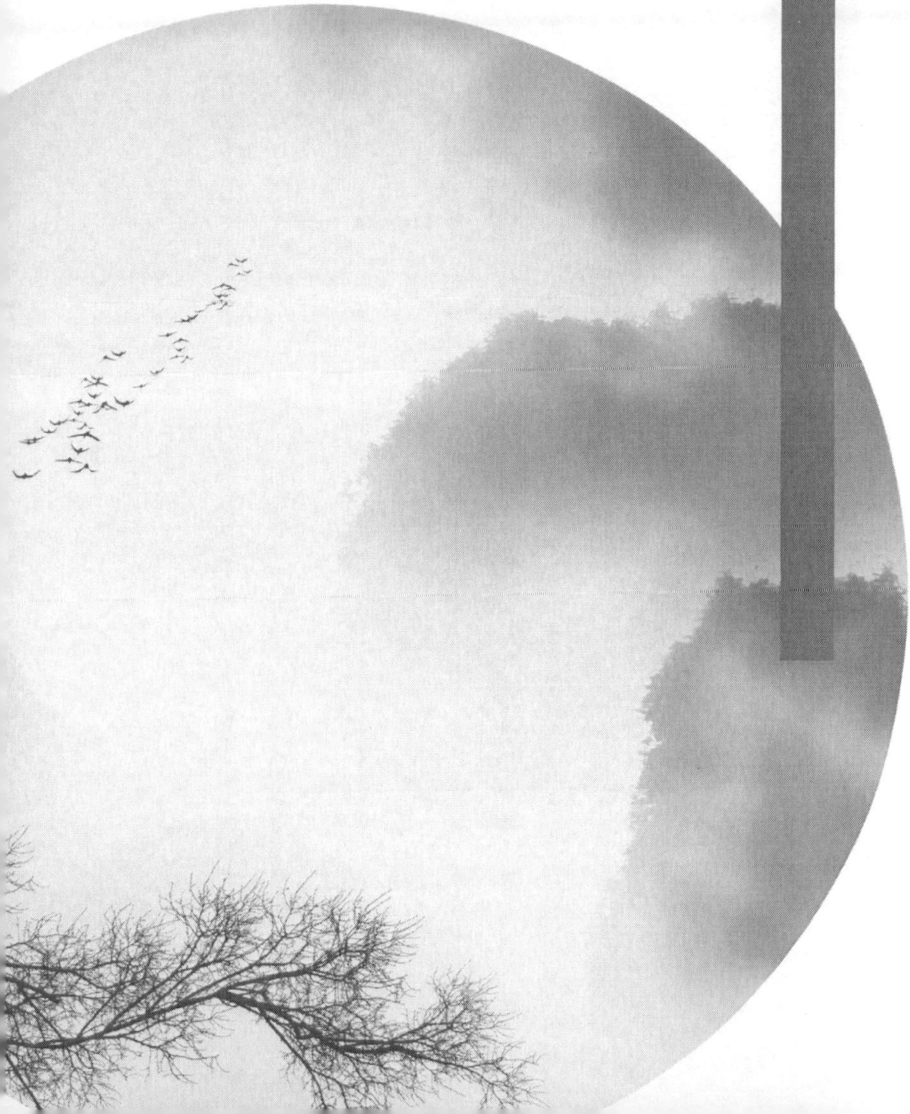

跋山歌

右《童痴二弄．山歌》十卷，明馮夢龍編。我們從前只知道「馮生掛枝兒」是風行一時的著作，而以未得讀其全書為憾。想不到在現在居然發現了《掛枝兒》姊妹刊《山歌》了，而且居然有十卷之多！由此我們可想見，今存的《掛枝兒》的寥寥數十首，實在不過是後人選存的一小部分耳。馮氏自敘有「故錄《掛枝詞》而次及《山歌》」的話，則《掛枝兒》之為「童痴一弄」殆無可疑。「馮生掛枝兒」博得一時之盛譽，這當是使他再有勇氣去搜編「二弄」《山歌》的原因。

這《山歌》的一部分，我們讀到已久。在《浮白山人七種》（？）裡，《掛枝兒》和《山歌》是同被選載著的。在劇曲選集《萬錦清音》裡，《掛枝兒》和《山歌》又同被收入，作為附載的東西。明及清初人編的戲曲選，常是附加著許多歌謠笑談以及其他瑣屑的文學，其中歌謠尤多，我嘗輯之成《明代歌謠集》一書，可惜還沒有機會出版。

但在《浮白山人七種》和《萬錦清音》裡，《山歌》也和《掛枝兒》一樣，只是寥寥數十首的選本。然而已令人驚嘆其真樸美好。今得讀十卷本的全書，乃知《山歌》實在是博大精深，無施不宜的一種詩體，固以詠唱「私情」為主，而於「私情」外，也還可以抒寫任何方面的題材。

不過也和一般的民間歌謠一樣，究以「私情」的詠歌為主題，而且也只有詠歌「私情」的篇什寫得最好。《詩經》裡的最好的篇什不是情歌麼？《子夜歌》、《讀曲歌》不是情歌麼？唐、宋人詞，元、明人曲裡，許多最晶瑩的篇什，也離不了男女之情的歌詠。

八九年前，我得到一部《白雪遺音》。那時所見未廣，覺得像這樣的一部民歌集，實在有重印的必要，卻又沒有勇氣去全印，因有《白雪遺音選》一書的編選。

那部《白雪遺音選》的出版，卻遇到若干波折，全部都排好了，而答應出版的那家書店，卻老是「束之高閣」，不肯出版。後來打聽到其原因，原來是有幾個主持的人反對出版，說：「像這樣的書，也能出版麼？」過了一年多，開明書店成立了，方才由他們印了出來。

今日究竟是「風氣大開」了，不僅汪靜之先生的《白雪遺音續選》可以公然刊出，就是《山歌》這樣的著作，也還有人肯重印。這不能不說是「進步」了。

當初北京大學裡的幾位學者們，研究民俗學，搜輯各地歌謠的時候，僅知道注重於口頭上的採集。其後，乃知注意到《粵風》、《白雪遺音》、《霓裳續譜》一類的古歌謠集。

跋山歌

現在乃復推廣到對於明人歌謠集的注意。這也不能不說是「進步」。由於古歌謠集的多量發現，我們知道有許多口頭上採集的工作，是前人久已做過的，而且有許多歌謠到現在也還活潑潑的在人民口頭上唱著。像《馬頭調》，像《霓裳續譜》裡的許多曲調，乃至像盛行於萬曆時代的《羅江怨》等曲，到現在也還有人在歌唱著。這個古老的社會，誠是最善於保存一切的傳統的東西的！

將這十卷的《山歌》翻讀了一過，我們知道，不僅題材是異常的複雜，就是歌曲的來源，也不止一端。《山歌》不全是民間的歌謠，更不全是馮氏從人民口頭上採集來的東西。當然，多數是民間歌謠無疑。我很懷疑馮氏此書是有所本的。像他的《智囊》、《笑府》之類都是有所本的。但也有一部分顯然是文人學士的「擬作」、「改作」，乃至「創作」。其中卷一《捉姦》第三首注云：「此余友蘇子忠新作」，這便是創作了。

去年在北平得到一部胡文煥編的《遊覽萃編》，中有《破鬃帽歌》，及其他歌詞，亦見收於《山歌》。這也是創作。馮氏此書所收輯的來源，恐還不止一二書而已。唯馮氏在《破鬃帽歌》下注云：「《遊翰瑣言》尚有《破氈襪歌》，無味，故不錄。」按《破氈襪歌》

今亦見於《遊覽萃編》中。不知馮氏為何引作《遊翰瑣言》？豈胡氏的《遊覽萃編》（萬曆時編）別名為《遊翰瑣言》歟，抑《遊翰瑣言》乃為後人所改名？今都已不可得知。《童痴二弄》今既已在無意中發現。我們很盼望那部想望已久的《掛枝兒》全書的《童痴一弄》也能夠早日發現！

亡友馬隅卿先生為研究馮夢龍的專家，蒐集馮氏著作最多，而獨無《山歌》一書。當他見到這部《山歌》的抄本時，我恰好在他家裡，他是那末樣的高興著！而且還答應著為《山歌》寫一篇考證。現在《山歌》出版，而隅卿卻已歸道山，——隅卿對於戲曲小說及歌謠研究最深，而不輕於為文，未完成的著作甚多——能不泫然泣下麼？

一九三五年九月十九日

白雪遺音選序

白雪遺音選序

我曾在《鑑賞週刊》上介紹本書的一部分給大家，現在，為了索閱全書者的眾多，特將選本全部付印。

誰要喜歡《國風》中最好的詩，誰要喜歡六朝的《子夜歌》，《讀曲歌》，《華山畿》，對於本書中的許多民歌，便也要十分的喜愛。

本書是根據了百年前（道光八年，公元一八二八年）所刻的一部《白雪遺音》而選錄的。據編輯者的自序，此書的告成，乃在嘉慶甲子（公元一八〇四年）。初僅為鈔本，大約後來因為傳寫者過多，便刻了出來。

也許因為原書中有些猥褻的情歌，被什麼官府禁止發賣或劈版之故，致此書現在絕不能得到。我們很有幸，乃能見到僅存的（？）一部。

此書的編輯者是華廣生。這個編輯者原是一個不大知名之人，然在百年之前，即知這些民歌之價值與重要，雖未見有別的大著作，他的見解的高明，卻已很可使人佩服了。他蒐集此書，很費些工夫，在高文德所作的序上，曾有一段記編者自己所說的話：

初意手錄數曲，亦自作永日消遣之法。迨後各同人皆問新覓奇，筒封函遞，大有集腋成裘之舉。旦暮握管，凡一年有餘始成大略。（編者在另一個地方，也說：「曲譜四本，乃多方蒐羅，曠日持久，積少成多，費盡心力而後成者。」）

在這裡，可以知道此書編輯的經過的一斑。因為非一人所蒐羅的，所以所蒐羅的範圍頗廣，所蒐羅的材料也很複雜，有的是民間戀歌，有的是小劇本，有的是滑稽的短歌，有的是小敘事詩，也有的是很無謂的「古人名」、「戲名」或「歇後語」之類的歌，第四冊中且選入《玉蜻蜓》的全部，共七百餘篇。

編輯者與他的朋友們，都很看重這個歌謠集，高文德說：

少瘉，勉力閒步至春田處，於案頭翻得詞曲數本。其間四時風景，閨怨情痴，讀之歷歷如在目前。不覺腹中多時積塊，豁然冰釋矣。

白雪遺音選序

常瑞泉說：

翻誦其詞，怨感痴恨，離合悲歡諸調咸備，……詞意纏綿，令人心遊目想，移晷忘倦。

他自己說：

康衢之祝，擊壤之謠，春女思春之詞，秋士悲秋之詠，雖未能關乎國是，亦足以暢夫人心。

在現在看起來，此書的價值實較所有無病而呻的古典派無生命的詩集、詞集高貴得多多。雖然也許有一部分不大好的東西，然一大部分卻可算是好的，實實的，不下於《讀曲歌》，《子夜歌》，不下於《國風》裡的好詩。如：

我今去了，你存心耐，

我今去了，不用掛懷。
我今去，千般出在無奈；
我去了，千萬莫把相思害。
我今去了，我就回來——！
我回來疼你的心腸仍然在。
若不來，定是在外把相思害。

又如：

喜只喜的今宵夜，
怕只怕的明日離別。
離別後，
相逢不知那一夜？
聽了聽鼓打三更交半夜，

白雪遺音選序

月照紗窗，
影兒西斜，
恨不能雙手托住天邊月！
怨老天，
為何閏月不閏夜？

一類的詩，在此書中是常可遇到的，然而在所謂大名家的詩集、詞集中那裡有如此動人、如此有感情的好詩！像這一類由真性情中流出的，無虛飾，無做作的詩，乃算是真的詩，好的詩。我們如提倡無虛偽的真詩，這個歌謠集便應當為我們所讚許！

我們現在不能印全書，只能將我的選本付印者，第一，原書中猥褻的情歌，我們沒有勇氣去印；第二，許多故事詩，許多滑稽詩，許多小劇本，在考證上盡有許多用處，然卻沒有什麼文藝的價值。所以，為了欲此書流行的廣遠，只能就這樣的選本的式樣付印了。

原書具在，將來也許可以有重印的機會，但現在是談不到。

西諦　一九二五・十・二十三・於上海

電子書購買　　爽讀 APP

國家圖書館出版品預行編目資料

中國文學研究（詞曲篇）：文字在旋律中逐漸鮮活，鄭振鐸談詞曲體裁、傳世作品與來源考察 / 鄭振鐸 著 . -- 第一版 . -- 臺北市 : 複刻文化事業有限公司 , 2023.11
面；　公分
POD 版
ISBN 978-626-97803-4-1(平裝)
1.CST: 中國文學 2.CST: 文學評論 3.CST: 文集
820.7　　112016167

中國文學研究（詞曲篇）：文字在旋律中逐漸鮮活，鄭振鐸談詞曲體裁、傳世作品與來源考察

臉書

作　　者：鄭振鐸
發 行 人：黃振庭
出 版 者：複刻文化事業有限公司
發 行 者：複刻文化事業有限公司
E-mail：sonbookservice@gmail.com
粉 絲 頁：https://www.facebook.com/sonbookss/
網　　址：https://sonbook.net/
地　　址：台北市中正區重慶南路一段六十一號八樓 815 室
Rm. 815, 8F., No.61, Sec. 1, Chongqing S. Rd., Zhongzheng Dist., Taipei City 100, Taiwan
電　　話：(02)2370-3310　　傳　　真：(02) 2388-1990
印　　刷：京峯數位服務有限公司
律師顧問：廣華律師事務所 張珮琦律師

定　　價：450 元
發行日期：2023 年 11 月第一版
◎本書以 POD 印製
Design Assets from Freepik.com